Lew Tolstoi

Vater Sergij

Tolstoi, Lew
Vater Sergij
ISBN: 978-3-86267-196-0

Auflage: 1
Erscheinungsjahr: 2011
Erscheinungsort: Bremen, Deutschland
Coverbild: Ausschnitt aus dem Gemälde von Michail Nesterow „Das Glockengeläut" (1895).

Die Übersetzung stammt von Alexander Eliasberg und wurde der neuen Rechtschreibung angepasst, die Transkription russischer Eigennamen wurde abgeändert.

Europäischer Literaturverlag GmbH, Fahrenheitstr. 1, 28359 Bremen (www.elv-verlag.de).

Vater Sergij

www.elv-verlag.de

I

Ende der vierziger Jahre ereignete sich in Petersburg etwas, was alle in Erstaunen setzte. Der schöne Fürst, Kommandeur der Leibschwadron des Kürassierregiments, dem alle den Flügeladjutantenrang und eine glänzende Karriere unter dem Kaiser Nikolai I. prophezeiten, nahm, einen Monat vor seiner Hochzeit mit einem hübschen Hoffräulein, das sich einer besonderen Gunst der Kaiserin erfreute, seinen Abschied, löste die Verlobung auf, schenkte sein kleines Gut seiner Schwester und zog sich in ein Kloster zurück, mit der Absicht, Mönch zu werden.

Dieses Ereignis erschien den Menschen, die seine inneren Gründe nicht kannten, ungewöhnlich und unerklärlich; für ihn, den Fürsten Stepan Kassatskij, war aber das alles so natürlich, dass er sich eine andere Handlungsweise gar nicht vorstellen konnte.

Stepan Kassatskijs Vater, ein Gardeoberst a. D., starb, als der Sohn zwölf Jahre alt war. Wie schwer es der Mutter auch fiel, den Sohn aus dem Hause zu geben, konnte sie sich doch nicht entschließen, gegen den Willen des verstorbenen Mannes zu handeln, der testamentarisch angeordnet hatte, dass man, im Falle seines Todes, den Sohn nicht zu Hause behalten, sondern ins Kadettenkorps geben solle; und so gab sie ihn ins Korps. Die Witwe zog mit ihrer Tochter Warwara nach Petersburg, um in der gleichen Stadt mit ihm zu leben und den Sohn und Bruder in den Feiertagen zu sich ins Haus nehmen zu können.

Der Junge zeichnete sich durch glänzende Fähigkeiten und einen ungewöhnlichen Ehrgeiz aus und war daher der Beste wie in den Wissenschaften, namentlich in der Mathematik, für die er eine besondere Vorliebe hatte, so auch im Frontdienst und Reiten. Obwohl übergroß gewachsen, war er doch hübsch und gewandt. Was seine Aufführung betrifft, so wäre er ein musterhafter Kadett gewesen, wenn nicht sein aufbrausender Charakter. Er trank nicht, gab sich nicht mit Weibern ab und war ungewöhnlich wahrheitsliebend. Was ihn aber hinderte, musterhaft zu sein, das waren die Anfälle von Jähzorn, die ihn manchmal überkamen, bei denen er jede Selbstbeherrschung verlor und zu einem Tier wurde. Einmal hätte er beinahe einen Kadetten aus dem Fenster geworfen, der über seine Mineraliensammlung zu spotten versuchte. Ein anderes Mal hätte er sich beinahe zugrunde gerichtet: er warf eine ganze Platte mit Koteletts dem Wirtschaftsführer an den Kopf und stürzte sich auf den Offizier; man sagte auch, er hätte ihn sogar geschlagen, weil jener seine eigenen Worte verleugnet und gelogen habe. Man hätte ihn sicher zu einem Gemeinen degradiert, wenn nicht der Chef des Kadettenkorps die ganze Sache vertuscht und den Wirtschaftsführer entlassen hätte.

Mit achtzehn Jahren verließ er das Korps als Offizier eines aristokratischen Garderegiments. Kaiser Nikolai I. hatte ihn noch im Kadettenkorps gekannt und zeichnete ihn auch später im Regiment aus, sodass man ihm allgemein die Flügeladjutantenkarriere prophezeite. Kassatskij strebte auch selbst danach, weniger aus Ehrgeiz, als weil er den Kaiser noch von seiner Kadettenzeit her mit einer wahren Leidenschaft liebte. So oft Kaiser Nikolai I. das Kadettenkorps besuchte, und das geschah oft – wenn der große Mann im Militärrock mit rüstigen Schritten eintrat und die Kadetten mit lauter Stimme begrüßte – empfand Kassatskij das Entzücken eines Verliebten, das gleiche Entzücken, das er später empfand, wenn er dem Gegenstand seiner Liebe begegnete. Die verzückte Verliebtheit in den Kaiser war sogar größer: Er wollte ihm immer seine grenzenlose Ergebenheit zeigen, ihm etwas, alles, sich selbst zum Opfer bringen. Nikolai I. wusste, dass er dieses Entzücken erregte, und pflegte es oft absichtlich zu wecken. Er spielte mit den Kadetten, weilte in ihrer Mitte und gab sich dabei bald kindlich einfach, bald freundschaftlich, bald feierlich und majestätisch. Nach der letzten Geschichte, die Kassatskij mit dem Offizier gehabt hatte, sagte ihm der Kaiser nichts; als aber jener ihm nahe kam, wies er ihn mit einer theatralischen Geste zurück, runzelte die Stirne und drohte ihm mit dem Finger, Später, als er aufbrach, sagte er ihm: »Merken Sie sich, dass mir alles bekannt ist, ich aber gewisse Dinge nicht wissen will. Ich trage sie hier.«

Und er zeigte auf sein Herz.

Als die zu Offizieren beförderten Kadetten sich ihm vorstellten, kam er auf diese Sache nicht mehr zurück und sagte, was er immer zu sagen pflegte, dass sie sich in allen Fällen unmittelbar an ihn wenden dürften; sie sollten nur treu ihm und dem Vaterlande dienen, er aber werde immer ihr Freund bleiben. Alle waren wie immer gerührt, und Kassatskij, der den bewussten Vorfall nicht vergessen hatte, weinte vor Rührung und leistete das Gelübde, dem geliebten Zaren mit allen seinen Kräften zu dienen.

Als Kassatskij in das Regiment eintrat, zog seine Mutter mit der Tochter erst nach Moskau und dann aufs Land. Kassatskij trat der Schwester die Hälfte seines Vermögens ab und behielt sich nur soviel, als er für seinen eigenen Unterhalt in dem glänzenden Regiment, in dem er diente, brauchte.

Äußerlich erschien Kassatskij als der gewöhnliche junge, glänzende Gardeoffizier, der seine Karriere machen will, aber in seinem Inneren ging eine komplizierte und gespannte Arbeit vor sich. Diese innere Arbeit hatte seit seiner Kindheit scheinbar die verschiedensten Formen angenommen, war aber im Grunde genommen immer dieselbe gewesen: Sie bestand im Bestreben, in allen Dingen, die sich ihm auf seinem Lebenswege boten, die höchste Vollkommenheit zu erreichen, die in allen Menschen Lob und Erstaunen weckten. Handelte es sich ums Exerzieren oder um die Wissenschaften – er fasste alles so an und arbeitete so lange, bis man ihn lobte und den anderen als ein Beispiel hinstellte. Und wenn er das eine erreicht hatte, machte er sich sofort an etwas anderes. So war er Erster in den Wissenschaften geworden; so hatte er es noch im Kadettenkorps, als er einmal bemerkt, dass er sich französisch ungeschickt ausdrückte, erreicht, dass er die französische Sprache wie die russische beherrschte; so hatte er später, gleichfalls noch im Kadettenkorps, als er sich dem Schachspiel gewidmet, auch darin die größte Fertigkeit erlangt.

Außer dem allgemeinen Lebensberuf, der im Dienste dem Zaren und dem Vaterland bestand, hatte er auch immer noch ein anderes Ziel, dem er sich, wie unbedeutend es auch manchmal war, immer ganz hingab und dem er sich so lange ausschließlich widmete, bis er es erreichte. Wenn er aber dieses bestimmte Ziel erreicht hatte, erstand in seinem Bewusstsein sofort ein anderes, das an die Stelle des früheren trat. Dieses Bestreben, sich auszuzeichnen, und zwar nur um sich auszuzeichnen und das vorgesteckte Ziel zu erreichen, füllte sein ganzes Leben. So setzte er sich gleich nach seiner Beförderung zum Offizier zum Ziel, die höchste Vollkommenheit im Dienste zu erreichen, und wurde bald zu einem musterhaften Offizier, wenn auch wieder mit dem gleichen Fehler der unaufhaltsamen Heftigkeit, die ihn auch im Dienste zu schlechten und für den Erfolg schädlichen Handlungen verleitete. Als er später einmal in einem Salongespräch an sich den Mangel einer allgemeinen Bildung wahrnahm, fasste er den Gedanken, diese zu vervollkommnen; er machte sich an die Bücher und erreichte das, was er wollte. Dann setzte er sich zum Ziel, eine glänzende Stellung in der höchsten Gesellschaft zu erringen; er lernte vorzüglich tanzen und erreichte damit sehr bald das, dass man ihn zu allen aristokratischen Bällen und vielen Gesellschaftsabenden einlud. Aber diese Stellung befriedigte ihn nicht. Er war gewohnt, immer der Erste zu sein, war es in Wirklichkeit aber bei Weitem nicht.

Die höchste Gesellschaft bestand damals und besteht, wie ich glaube, immer und überall aus vier Kategorien von Menschen: 1. aus reichen und dem Hofe nahestehenden Menschen; 2. aus weniger reichen Menschen, die bei Hofe geboren und aufgewachsen sind; 3. aus reichen Menschen, die den Höflingen gleichtun, und 4. aus weder reichen, noch dem Hofe nahestehenden Menschen, die den einen oder den anderen gleichzutun streben. Kassatskij gehörte nicht zu den beiden ersten Kategorien, wurde aber in den Kreisen der beiden Letzten gerne empfangen. Als er in die höhere Gesellschaft eintrat, setzte er sich sogar zum Ziel, ein Verhältnis mit einer Dame der höheren Kreise anzuknüpfen, was er, für ihn selbst unerwartet, bald erreichte. Aber er merkte sehr bald, dass die Kreise, in denen er sich bewegte, die niederen waren, dass es aber auch höhere Kreise gab und dass er in diesen Hofkreisen zwar empfangen wurde, aber ein Fremder war; man war höflich zu ihm, aber die Behandlung zeigte, dass da ein Unterschied zwischen »eigenen« und »fremden« gemacht wurde, er aber nicht zu den Ersteren gehörte. Kassatskij wollte nun auch das Erstere erreichen. Zu diesem Zweck musste er entweder Flügeladjutant werden – und er hoffte darauf – oder in diesen Kreisen heiraten. Und er beschloss, dies zu tun. Seine Wahl fiel auf ein schönes junges Mädchen, das den Rang eines Hoffräuleins bekleidete, das in der Gesellschaft, in die er eintreten wollte, nicht nur zu Hause war, sondern deren Bekanntschaft auch die in diesen Kreisen am höchsten gestellten Menschen in den gesichertsten Positionen suchten. Es war die Komtesse Korotkowa. Kassatskij machte ihr nicht bloß wegen seiner Karriere den Hof – sie war ungemein schön und anziehend, und er verliebte sich bald in sie. Anfangs war sie kühl zu ihm, dann wurde aber plötzlich alles anders; sie behandelte ihn auf einmal besonders freundlich, und ihre Mutter lud ihn mit auffallendem Eifer zu sich ein.

Kassatskij machte den Antrag, und dieser wurde angenommen. Er staunte selbst über die Leichtigkeit, mit der er dieses Glück erreicht hatte, und über einen eigentümlichen, sonderbaren Ton im Benehmen der Mutter und der Tochter ihm gegenüber. Er war sehr verliebt und verblendet und merkte darum nicht das, was fast die ganze Stadt wusste: dass seine Braut vor einem Jahre die Geliebte des Kaisers gewesen war.

II

Zwei Wochen vor dem für die Hochzeit festgesetzten Tage war Kassatskij in der Sommerfrische bei seiner Braut in Zarskoje-Sselo. Es war ein heißer Maitag. Braut und Bräutigam spazierten im Garten und setzten sich auf eine Bank in der schattigen Lindenallee. Mary war in ihrem weißen Tüllkleide besonders hübsch. Sie erschien als die Verkörperung von Liebe und Unschuld. Sie saß mit gesenktem Kopf und blickte hie und da zu dem großen schönen Mann auf, der besonders zärtlich und vorsichtig mit ihr sprach, als fürchtete er, die englische Reinheit der Braut zu verletzen und zu beflecken. Kassatskij gehörte zu den Männern der vierziger Jahre, die es heute nicht mehr gibt – zu denen, die sich selbst jede Unsauberkeit in geschlechtlichen Dingen gestatteten und sie innerlich nicht verurteilten, aber von der Gattin eine ideale, himmlische Reinheit verlangten, diese himmlische Reinheit in jedem Mädchen ihres Kreises annahmen und sie entsprechend behandelten.

Diese Anschauung war in vielen Beziehungen falsch und, was die Ausschweifungen der Männer betrifft, schädlich; aber in Bezug auf die Frauen war diese Anschauung, die sich von der Anschauung der heutigen jungen Männer, welche in jeder Frau und in jedem jungen Mädchen vor allen Dingen ein Weibchen, das ein Männchen sucht, sehen, scharf unterschied – in dieser Beziehung war diese Anschauung, wie ich glaube, von Nutzen. Die jungen Mädchen, die diese Vergöttlichung sahen, bemühten sich auch, mehr oder weniger Göttinnen zu sein. Dieser Anschauung huldigte auch Kassatskij und sah auch seine Braut so an. An diesem Tage war er besonders verliebt und empfand seiner Braut gegenüber nicht die leiseste sinnliche Regung, im Gegenteil, er sah sie mit Andacht wie etwas Unerreichbares an.

Er erhob sich in seiner ganzen Riesengröße und stand vor ihr, auf den Säbel gestützt.

»Ich habe erst jetzt das ganze Glück erfahren, das ein Mensch empfinden kann! Und Sie haben... du hast«, sagte er mit einem schüchternen Lächeln, »es mir gegeben!«

Er befand sich in der Periode, wo das »du« noch nicht zur Gewohnheit geworden war und wo er, der moralisch zu ihr hinaufsah, sich scheute, zu diesem Engel »du« zu sagen.

»Ich erkannte mich selbst... dank... dir, ich erkannte mich besser, als ich es geglaubt hatte.«

»Ich weiß es schon längst. Darum habe ich Sie auch liebgewonnen.«

In der Nähe begann eine Nachtigall zu schlagen, das frische Laub regte sich im leisen Windhauch.

Er nahm ihre Hand, küsste sie, und Tränen traten ihm in die Augen. Sie begriff, dass er ihr dankte, weil sie ihm gesagt hatte, sie habe ihn liebgewonnen. Er ging hin und her, schwieg eine Weile, kehrte dann wieder zu ihr zurück und setzte sich.

»Sie wissen, du weißt... Nun, es ist gleich. Als ich deine Bekanntschaft machte, war ich nicht ganz uneigennützig; ich wollte Beziehungen in den höheren Kreisen anknüpfen, aber später ... wie nichtig wurde das alles im Vergleich mit dir, als ich dich kennenlernte. Du bist mir deswegen doch nicht böse?«

Sie antwortete nicht und berührte nur seine Hand mit der Ihrigen.

Er begriff, dass es zu bedeuten hatte: Nein, ich bin dir nicht böse.

»Du hast eben gesagt« – er stockte, es erschien ihm allzu kühn – »du hast eben gesagt, du hättest mich liebgewonnen; verzeih, ich glaube dir, aber du hast außerdem etwas, was dich beunruhigt und stört. Was ist das?«

– Ja, entweder jetzt, oder niemals – dachte sie sich: Er wird es sowieso erfahren. Aber jetzt wird er nicht fortgehen. Ach, wie schrecklich wäre es, wenn er fortginge! –

Sie musterte seine ganze große, edle, mächtige Gestalt liebevoll mit den Blicken. Sie liebte ihn jetzt mehr als jenen anderen und würde ihn mit dem anderen nicht vertauschen.

»Hören Sie, ich kann nicht unaufrichtig sein. Ich muss Ihnen alles sagen. Sie fragen, was es sei? Nun, ich habe schon geliebt.«

Sie legte ihre Hand wie beschwörend auf die Seine.

Er schwieg.

»Sie wollen wissen, wen? Nun, ihn...«

»Wir lieben ihn alle; ich kann mir denken, wie Sie im Institut...«

»Nein, später. Ich habe mich von ihm hinreißen lassen, dann ist es aber vergangen... Aber ich muss es Ihnen sagen...«

»Nun, was ist es denn?«

»Nein, ich habe ihn nicht einfach...«

Sie bedeckte das Gesicht mit den Händen.

»Wie? Sie haben sich ihm hingegeben?«

Sie schwieg.

»Als seine Geliebte?«

Sie schwieg.

Er sprang auf und stand blass wie der Tod mit zitternden Backenknochen vor ihr. Er erinnerte sich jetzt, wie...

»Mein Gott! Was habe ich getan! Stiwa!«

»Rühren Sie mich nicht an, rühren Sie mich nicht an. Ach, es tut so weh!«

Er wandte sich um und ging ins Haus.

Im Hause traf er die Mutter.

»Was haben Sie, Fürst? Ich...

Als sie sein Gesicht sah, verstummte sie. Sein ganzes Blut schoss ihm plötzlich ins Gesicht.

»Sie haben alles gewusst und durch mich alles decken wollen. Wenn Sie beide nicht Frauen wären!« schrie er auf und hob seine mächtige Faust über ihren Kopf. Dann wandte er sich um und lief davon.

Gleich am nächsten Tag nahm er Urlaub, reichte ein Abschiedsgesuch ein, meldete sich krank, damit ihn niemand sähe, und fuhr aufs Land.

Er verbrachte den Sommer auf seinem Gute und ordnete seine Angelegenheiten. Als der Sommer zu Ende ging, kehrte er aber nicht mehr nach Petersburg zurück, sondern fuhr ins Kloster und wurde Mönch.

Die Mutter riet ihm in ihren Briefen von diesem entscheidenden Schritte ab. Er antwortete ihr, dass der Ruf Gottes über allen anderen Erwägungen stünde, er fühle aber diesen Beruf in sich. Nur seine Schwester, die ebenso stolz und ehrgeizig wie der Bruder war, verstand ihn. Sie begriff, dass er Mönch wurde, um über denen zu stehen, die ihm hatten zeigen wollen, dass sie über ihm stünden.

Sie beurteilte ihn richtig. Durch seinen Eintritt ins Kloster zeigte er, dass er alles verachtete, was den anderen und ihm selbst, als er noch diente, so wichtig erschien, und dass er eine neue Höhe errang, von der er auf die Menschen, die er früher beneidete, hinabsehen konnte. Aber es war nicht, wie seine Schwester Warenjka glaubte, dieses Gefühl allein, was ihn leitete. Es war auch noch etwas Anderes in ihm: ein echtes religiöses Gefühl, das Warenjka nicht kannte und das sich mit dem Stolze und dem Streben, Erster zu sein, verwob. Die Enttäuschung an Mary, die er sich als einen solchen Engel vorgestellt hatte, und die Kränkung waren so stark, dass sie ihn zur Verzweiflung brachten, die Verzweiflung brachte ihn aber, wohin? – zu Gott, zum kindlichen Glauben, der in ihm niemals gestört worden war.

III

Kassatskij trat am Festtage Maria Schutz und Fürbitte ins Kloster.

Der Abt dieses Klosters war adliger Abstammung, ein gelehrter Schriftsteller und Starez, das heißt, er gehörte zu der aus der Walachei übernommenen, durch geistige Nachfolge festgesetzten Ordnung von Mönchen, die sich widerspruchslos einem erwählten Leiter und Meister fügen. Dieser Abt war ein Schüler des bekannten Starez Amwrossij, eines Schülers Makarijs, eines Schülers des Starez Leonid, eines Schülers Paissijs von Welitschkow. Diesem Abt unterordnete sich Kassatskij als seinem Starez.

Außer dem Bewusstsein seiner Überlegenheit über alle anderen, das Kassatskij auch im Kloster hatte, fand er auch hier in allen Dingen, die er unternahm, die Freude in der Erreichung der höchsten äußeren wie inneren Vollkommenheit. Ebenso wie er im Regiment nicht nur ein tadelloser Offizier gewesen war, sondern einer, der mehr tat, als verlangt wurde, und den Rahmen der Vollkommenheit immer erweiterte, so bemühte er sich auch als Mönch, vollkommen zu sein: arbeitsam, enthaltsam, demütig, sanft, keusch nicht nur in den Handlungen, sondern auch in den Gedanken, und gehorsam. Insbesondre war es diese letztere Eigenschaft oder Vollkommenheit, die ihm das Leben erleichterte. Wenn ihm viele Anforderungen des Mönchslebens im Kloster, das sich eines großen Besuchs erfreute, missfielen und in ihm Ärgernis erregten, so wurde das alles durch den Gehorsam wettgemacht: Es ist nicht meine Sache, zu räsonieren; meine Sache ist, die mir auferlegten Pflichten zu tragen – sei es das Wachen am Reliquienschreine, oder das Singen im Chore oder das Führen der Rechnungsbücher in der Klosterherberge. Jede Möglichkeit eines Zweifels an irgend etwas wurde durch den gleichen Gehorsam beseitigt. Wenn nicht dieser Gehorsam, so hätte er die lange Dauer und die Eintönigkeit der Gottesdienste, das unruhige Gebaren der Besucher und die schlechten Angewohnheiten der Brüderschaft als eine

Last empfunden. So trug er dies alles nicht nur mit Freuden, sondern fand darin auch einen Trost und eine Stütze im Leben. »Ich weiß nicht, warum man einige Mal am Tage die gleichen Gebete hören muss, aber ich weiß, dass es so sein muss. Und da ich weiß, dass es so sein muss, so finde ich Freude in ihnen.« Der Starez hatte ihm gesagt, dass, ebenso wie die körperliche Nahrung für die Erhaltung des Lebens notwendig sei, die geistige Nahrung – das kirchliche Gebet – der Erhaltung des geistlichen Lebens diene. Er glaubte daran, und der Kirchendienst, zu dem er des Morgens oft mit großer Mühe aufstand, gab ihm wirklich eine zweifellose Beruhigung und Freude. Freude fand er auch im Bewusstsein der Demut und der Zweifellosigkeit seiner Handlungen, die alle vom Starez vorgeschrieben wurden. Das Interesse seines Lebens bestand aber nicht nur in der immer größeren Unterwerfung seines Willens, in der immer größeren Demut, sondern auch in der Erreichung aller christlichen Tugenden, die ihm in der ersten Zeit so leicht erreichbar erschienen. Er hatte sein ganzes Vermögen seiner Schwester gegeben und bedauerte es nicht; die Demut vor den Geringeren fiel ihm nicht nur leicht, sondern verschaffte ihm auch Freude. Selbst sein Sieg über die Sünden, wie Habgier und Fleischeslust fiel ihm leicht. Der Starez hatte ihn besonders vor dieser letzteren Sünde gewarnt, aber Kassatskij freute sich, dass er von ihr gänzlich frei war.

Ihn quälte nur noch die Erinnerung an die Braut. Und nicht nur die Erinnerung, sondern die lebendige Vorstellung dessen, was hätte sein können. Unwillkürlich dachte er an eine seiner Bekannten, die später geheiratet hatte und eine vorzügliche Gattin und Mutter geworden war. Der Mann bekam aber einen hohen Posten und hatte Einfluss, Ehren und eine gute, reumütige Frau.

In seinen guten Augenblicken ließ sich Kassatskij von diesen Gedanken nicht verwirren. Wenn er in seinen guten Augenblicken daran dachte, so freute er sich, allen diesen Versuchungen entgangen zu sein. Es gab aber auch Augenblicke, wo alles, wovon er jetzt lebte, ihm plötzlich trübe erschien, wo er es, ohne den Glauben daran zu verlieren, nicht mehr sah, wo er das, wovon er lebte, in sich nicht mehr wachzurufen vermochte und sich seiner die Erinnerung und – es ist schrecklich zu sagen – die Reue ob seiner Bekehrung bemächtigten.

Die Rettung in diesem Zustande waren Gehorsam, Arbeit und tagelanges Beten. Dann betete er wie gewöhnlich, berührte mit der Stirne den Boden, betete sogar mehr als gewöhnlich, betete aber nur mit dem Körper und nicht mit der Seele. Das dauerte einen Tag, manchmal zwei Tage und verging dann von selbst. Aber dieser eine Tag oder die zwei Tage waren schrecklich. Kassatskij fühlte, dass er nicht mehr in seiner eigenen Gewalt, sogar nicht in der Gewalt Gottes war, sondern in einer fremden Gewalt. Alles, was er in solchen Fällen tun konnte und auch tat, war das, was ihm der Starez riet: Sich beherrschen, in dieser Zeit nichts unternehmen und warten. Kassatskij lebte in solchen Zeiten überhaupt nicht nach seinem eigenen Willen, sondern nach dem Willen des Starez, und in diesem Gehorsam lag eine besondere Beruhigung.

So lebte Kassatskij im ersten Kloster, in das er eingetreten war, sieben Jahre. Am Ende des dritten Jahres wurde er zum Hieromonachen geweiht und erhielt den Namen Sergij. Dies war für Sergij ein tiefes inneres Erlebnis. Er hatte auch früher einen großen Trost und eine geistige Erhebung empfunden, wenn er das heilige Abendmahl empfing; und jetzt, wenn er selbst eine Messe zelebrieren durfte, geriet er beim Offertorium in den Zustand einer verzückten Rührung. Dieses Gefühl stumpfte aber dann immer mehr ab, und als er einmal die Messe in gedrückter Stimmung, wie er sie manchmal hatte, las, fühlte er, dass auch dies vergehen würde. Dieses Gefühl der Verzückung hatte in der Tat seine Kraft verloren, aber die Gewohnheit war geblieben.

Im siebenten Jahre seines Klosterlebens fing Sergij sich überhaupt zu langweilen an. Alles, was er erlernen, alles, was er erreichen sollte, hatte er schon erreicht, und es blieb ihm nichts mehr zu tun übrig.

Dafür wurde die schlafähnliche Erstarrung immer stärker. In dieser Zeit erfuhr er vom Tode seiner Mutter und von der Verheiratung Marys. Beide Nachrichten nahm er gleichgültig auf. Seine ganze Aufmerksamkeit, alle seine Interessen waren auf sein Innenleben gerichtet.

Im vierten Jahre nach seiner Weihe zum Hieromonachen zeigte ihm der Bischof sein besonderes Wohlwollen, und der Starez sagte ihm, er dürfe nicht Nein sagen, wenn man ihn zu einem höheren Amte beriefe. Nun regte sich in ihm der mönchische Ehrgeiz, derselbe, der an den Mönchen so abstoßend ist. Man wollte ihn in ein anderes Kloster versetzen, das in der Nähe der Hauptstadt lag. Er wollte die Beförderung nicht annehmen, aber der Starez befahl ihm, sie nicht zurückzuweisen. Er nahm die Berufung an, verabschiedete sich vom Starez und zog ins andere Kloster.

Die Versetzung in dieses hauptstädtische Kloster bedeutete ein großes Ereignis im Leben Sergijs. Hier gab es eine Menge Versuchungen jeder Art, und alle Kräfte Sergijs waren auf sie gerichtet.

Im ersten Kloster hatte Sergij nur wenig unter der Versuchung der Fleischeslust zu leiden gehabt; hier erhob sie sich mit entsetzlicher Kraft und nahm zuletzt sogar eine bestimmte Form an. Eine Dame von bekannt schlechtem Lebenswandel begann Sergij zu umschmeicheln. Sie zog ihn ins Gespräch und bat ihn, sie zu besuchen. Sergij wies sie streng ab, erschrak aber vor der Bestimmtheit seines Begehrens. Er erschrak so, dass er darüber dem Starez schrieb. Er tat noch mehr: Um sich zu bezähmen, rief er seinen jungen Novizen, gestand ihm, unter Unterdrückung aller Scham, seine Schwäche, und bat ihn, auf ihn achtzugeben und ihn nicht aus der Zelle zu lassen, es sei denn zum Gottesdienste oder zu geistlichen Übungen.

Ein großes Ärgernis lag für Sergij außerdem auch darin, dass der Abt dieses Klosters, ein geschickter Mensch mit gesellschaftlichem Schliff, der seine geistliche Karriere machte, ihm im höchsten Grade antipathisch war. Sergij vermochte diese Antipathie trotz aller Bemühungen nicht niederzukämpfen. Er demütigte sich, hörte aber in der Tiefe seiner Seele nicht auf, den Abt zu verurteilen. Und dieses schlechte Gefühl kam einmal offen zum Ausbruch.

Das war im zweiten Jahre seines Aufenthaltes im neuen Kloster.

Es kam so. Am Festtage Mariä Schutz und Fürbitte wurde der Abendgottesdienst in der großen Kirche abgehalten. Zu diesem Gottesdienste waren viele Fremde gekommen. Der Abt selbst zelebrierte die Messe. P. Sergij stand auf seinem gewohnten Platz und betete, d. h., er befand sich in dem Zustande des inneren Kampfes, der in ihm immer während des Gottesdienstes, besonders in der großen Kirche tobte, wenn er ihn nicht selbst abhielt. Der Kampf bestand darin, dass er sich über die Besucher, die feinen Herren und besonders die Damen ärgerte. Er bemühte sich, sie nicht zu sehen, nicht zu merken, was um ihn vorging – nicht zu sehen, wie ein Soldat ihnen den Weg durch die Menge bahnte, wie die Damen einander die Mönche zeigten, oft sogar ihn selbst und einen anderen, wegen seiner Schönheit bekannten Mönch. Er bemühte sich, seiner Aufmerksamkeit Scheuklappen aufzusetzen und nichts zu sehen außer den vor dem Ikonostas brennenden Kerzen, den Ikonen und den Priestern; nichts zu hören außer den gesprochenen und gesungenen Worten der Gebete, nichts zu empfinden außer dem Gefühl des Selbstvergessenes und der Erfüllung seiner Pflicht, dass er immer empfand, wenn er die schon so oft vorher gehörten Gebete hörte und wiederholte.

So stand er da, verbeugte sich und bekreuzigte sich, wo es vorgeschrieben war, kämpfte und gab sich bald der kalten Verurteilung und bald der bewusst heraufbeschworenen Erstarrung der Gedanken und Gefühle hin, als der Sakristan, P. Nikodim, der gleichfalls ein großes Ärgernis für P. Sergij bedeutete – Nikodim, den er unwillkürlich anklagte, sich beim Abte einschmeicheln zu wollen – auf ihn zuging und ihm mit einer tiefen Verbeugung sagte, dass der Abt ihn zu sich in die Sakristei rufe. P. Sergij zupfte seinen Mantel zurecht, setzte die Kapuze auf und ging vorsichtig durch die Menge.

»*Lise, regardez à droite, c'est lui*,« sagte eine weibliche Stimme.

»*Où, où? Il n'est pas tellement beau.*«

Er wusste, dass diese Worte ihm galten. Er hörte sie und wiederholte vor sich wie bei allen Anfechtungen: »Und führe uns nicht in Versuchung.« Er ging mit gesenktem Kopf und niedergeschlagenen Augen an der Empore vorbei und um die Vorsänger in den Chorhemden, die gerade am Ikonostas vorbeigingen, herum, und trat in die Nordpforte. In der Sakristei verneigte er sich zuerst, der Sitte gemäß, vor der Ikone, bekreuzigte sich und hob dann den Kopf zum Abt, den er wie auch eine andere neben ihm stehende glänzende Gestalt nur mit einem Winkel des Auges sah, ohne sich zu ihnen zu wenden.

Der Abt stand im Ornat an der Wand, hielt die kurzen, rundlichen Händchen über dem dicken Bauche, nestelte an einer Goldborte des Ornats und sprach lächelnd mit einem General in der Uniform der kaiserlichen Suite mit Chiffren auf den Epauletten und mit Achselschnüren, die P. Sergij mit seinem geübten Offiziersauge sofort erkannte. Dieser General war der einstige Kommandeur seines Regiments. Jetzt bekleidete er offenbar einen hohen Posten, und P. Sergij merkte sofort, dass der Abt es wusste und sich darüber freute und dass sein rotes, dickes Gesicht mit der Glatze darum so strahlte. Dies kränkte und betrübte P. Sergij, und dieses Gefühl wurde noch stärker, als er vom Abt hörte, dass er ihn nur dazu gerufen hatte, um die Neugier des Generals zu befriedigen, der seinen ehemaligen Regimentskameraden, wie er sich ausdrückte, sehen wollte.

»Ich freue mich, Sie in englischer Gestalt zu sehen,« sagte der General, ihm die Hand reichend, »ich hoffe, Sie haben Ihren alten Kameraden nicht vergessen.«

Alles: das rote Gesicht des Abtes, das unter den grauen Haaren lächelte und das, was der General sprach, gutzuheißen schien, das gepflegte Gesicht des Generals mit dem selbstzufriedenen Lächeln, der Geruch von Wein, der seinem Munde, und der von Zigarren, der seinem Backenbart entströmte – dies alles brachte P. Sergij aus der Fassung. Er verbeugte sich noch einmal vor dem Abt und sagte: »Hochwürden haben mich gerufen?«

Der Ausdruck seines Gesichts und seiner Augen sagten: wozu?

Der Abt sagte: »Damit der General Sie sprechen kann.«

»Euer Hochwürden, ich habe die Welt verlassen, um mich vor den Versuchungen zu retten,« sagte er blass, mit bebenden Lippen.

»Warum stellen Sie mich vor sie hier während des Gebets in der Kirche Gottes?«

»Geh, geh,« sagte der Abt auffahrend und runzelte die Stirn.

P. Sergij bat am folgenden Tag den Abt und die Brüderschaft um Verzeihung wegen seines Stolzes, beschloss aber zugleich nach einer im Gebet verbrachten Nacht, dieses Kloster zu verlassen und schrieb darüber einen Brief an seinen Starez, in dem er ihn anflehte, ihm zu erlauben, in sein Kloster zurückzukehren. Er schrieb, dass er seine Schwäche und Ohnmacht fühle, allein, ohne Hilfe des Starez gegen die Versuchungen anzukämpfen, und beichtete seine Sünde des Hochmuts. Mit nächster Post kam ein Brief vom Starez, der ihm schrieb, dass die Ursache von allem sein Hochmut sei. Der Starez erklärte ihm, dass sein Zornausbruch daher gekommen sei, weil er sich gedemütigt und auf die geistlichen Ehren nicht um Gottes, sondern um seines eigenen Hochmuts willen verzichtet habe: Seht, was für ein Mensch ich bin, ich brauche nichts! Darum habe er auch das Benehmen des Abtes nicht ertragen können. Ich habe alles zur Ehre Gottes verschmäht, man zeigt mich aber den Leuten wie ein wildes Tier. »Hättest du auf alle Ehren Gott zuliebe verzichtet, so hättest du es ertragen. In dir ist der weltliche Hochmut noch nicht erloschen. Ich habe an dich viel gedacht, mein

Sohn Sergij, und gebetet, und Gott hat mir dieses eingegeben: In der Einsiedelei von Tambino ist der Einsiedler Illarion, der ein heiliges Leben geführt hat, gestorben. Er hat dort achtzehn Jahre gelebt. Nun fragt mich der Abt von Tambino, ob ich nicht einen Bruder kenne, der dort leben möchte. Da kommt gerade dein Brief. Geh' zu P. Paissij nach Tambino; ich werde ihm schreiben, du bitte ihn aber, in der Zelle Illarions leben zu dürfen. Nicht weil du Illarion ersetzen könntest, sondern weil du Einsamkeit brauchst, um deinen Hochmut zu demütigen. Gott segne dich.«

Sergij hörte auf den Starez, zeigte seinen Brief dem Abt, übergab mit dessen Genehmigung seine Zelle und alle seine Sachen dem Kloster und zog nach Tambino.

Der Vorsteher der Einsiedelei von Tambino, ein vorzüglicher Wirt aus dem Kaufmannsstande, empfing Sergij ruhig und einfach, wies ihm die Zelle Illarions an, gab ihm zuerst einen Zellendiener und ließ ihn dann auf seinen Wunsch allein. Die Zelle war eine in den Berg gegrabene Höhle. In ihr war Illarion beerdigt. In der hinteren Höhle war das Grab Illarions und in der vorderen befanden sich eine Nische zum Schlafen, mit einer Strohmatratze, ein Tischchen und ein Wandbort mit Ikonen und Büchern. An der Außentüre, die sich absperren ließ, war ein Brettchen angebracht, auf das ein Mönch aus dem Kloster jeden Tag das Essen stellte.

Und P. Sergij wurde Einsiedler.

IV

In der Butterwoche des sechsten Jahres des Einsiedlerlebens Sergijs unternahm in der Nachbarstadt eine lustige Gesellschaft von reichen Männern und Frauen nach einem Abendessen mit Bliny und Wein eine Troikafahrt. Die Gesellschaft bestand aus zwei Rechtsanwälten, einem reichen Gutsbesitzer, einem Offizier und vier Damen. Die Eine war die Frau des Offiziers, die Andere die des Gutsbesitzers, die Dritte die unverheiratete Schwester des Gutsbesitzers und die Vierte eine hübsche und reiche geschiedene Frau, die die ganze Stadt durch ihre tollen Streiche in Erstaunen und Aufruhr setzte.

Das Wetter war herrlich, der Weg wie Parkett.

Nachdem sie an die zehn Werst vor die Stadt gefahren waren, ließen sie den Schlitten halten und berieten sich, wohin sie nun fahren sollten: zurück oder weiter.

»Wohin führt denn diese Straße?« fragte die hübsche geschiedene Frau Makowkina.

»Nach Tambino sind von hier noch zwölf Werst,« sagte der Rechtsanwalt, der ihr den Hof machte.

»Und weiter?«

»Weiter nach L., am Kloster vorbei.«

»Wo P. Sergij wohnt?«

»Ja.«

»Kassatskij? Der schöne Einsiedler?«

»Ja.«

»Meine Damen und Herren! Fahren wir zu Kassatskij. In Tambino wollen wir ausruhen und etwas essen.«

»Aber so kommen wir heute Nacht nicht mehr heim.«

»Macht nichts, wir übernachten bei Kassatskij.«

»Es gibt dort allerdings eine sehr gute Klosterherberge. Ich bin dort gewesen, als ich den Machin verteidigte.«

»Nein, ich werde bei Kassatskij übernachten.«

»Na, das wird Ihnen trotz Ihrer Allmacht nicht gelingen.«

»Es wird mir nicht gelingen? Wetten wir!«

»Gemacht. Wenn Sie bei ihm übernachten, kriegen Sie von mir, was Sie wollen.«

»A discretion.«

»Sie auch?«

»Gewiss. Fahren wir.«

Man gab den Kutschern Schnaps. Dann holte man den Korb mit Pasteten, Wein und Bonbons hervor, und die Damen hüllten sich in weiße Pelze aus Hundefell. Die Kutscher stritten, wer vorausfahren sollte; ein junger Bursche setzte sich seitwärts auf den Bock, schwang die lange Peitsche, schrie die Pferde an – und die Schellen begannen zu klingen und die Kufen zu knirschen.

Die Schlitten zitterten und schwankten leise, das Seitenpferd galoppierte lustig und gleichmäßig mit seinem kurz angebundenen Schweif über dem verzierten Kreuzriemen, die glatte Fastnachtsstraße enteilte schnell unter den Kufen, der Kutscher hantierte elegant mit den Zügeln, der Rechtsanwalt und der Offizier, die den Damen gegenüber saßen, logen etwas der Nachbarin der Frau Makowkina vor, sie selbst aber saß unbeweglich, fest in den Pelz gehüllt da und dachte sich: »Immer dasselbe, und alles gleich ekelhaft: Die gleichen nach Wein und Tabak riechenden, rot glänzenden Gesichter, die gleichen Worte und Gedanken, und alles dreht sich um die gleiche Gemeinheit. Dabei sind sie alle zufrieden und überzeugt, dass es so sein müsse und dass sie so bis zu ihrem Tode leben können. Ich kann es nicht. Es ist mir langweilig. Ich brauche etwas, was dies alles umwürfe und zunichte machte. Wenn es wenigstens so käme, wie in Ssaratow, glaube ich, wo eine ganze Gesellschaft bei einer Schlittenpartie erfror. Was würden aber diese machen? Wie würden sie sich benehmen? Sicher auf die gemeinste Weise. Ein jeder würde nur an sich denken. Auch ich würde mich ebenso gemein benehmen. Aber ich bin wenigstens hübsch. Und sie wissen das. Nun, und der Mönch? Hat er denn dafür kein Verständnis mehr? Es kann nicht sein. Das verstehen sie alle. So war es auch im Herbst mit dem Kadetten. Was war er doch für ein Dummkopf.«

»Iwan Nikolajewitsch!« sagte sie.

»Was steht zu Diensten?«

»Wie alt ist er doch?«

»Wer?«

»Kassatskij.«

»Ich glaube, so über vierzig.«

»Empfängt er alle?«

»Ja, alle, aber nicht immer.«

»Decken Sie mir die Füße zu. Nicht so. Wie ungeschickt Sie sind! Nun, noch, noch, ja, so. Aber Sie brauchen mir dabei meine Füße nicht zu drücken.«

So fuhren sie bis zum Walde, in dem sich die Zelle befand.

Frau Makowkina stieg aus und bat die anderen, weiterzufahren. Sie rieten ihr ab, sie wurde aber böse und bestand auf ihrem Wunsch. Der Schlitten fuhr davon, sie schlug aber in ihrem weißen Hundepelz einen Fußpfad ein. Auch der Rechtsanwalt stieg aus und blieb, um zuzuschauen.

V

P. Sergij lebte schon das sechste Jahr in Klausur. Er war neunundvierzig Jahre alt. Sein Leben war schwer: Er litt nicht unter der Last des Fastens und Gebets, sondern unter dem inneren Kampf, den er niemals erwartet hätte. Dieser Kampf hatte zwei Quellen: Den Zweifel und die Fleischeslust, und diese beiden Feinde erhoben sich in ihm immer zugleich. Er hielt sie für zwei verschiedene Feinde, während es in Wirklichkeit nur einer war. Wenn der Zweifel sich legte, so verschwand auch gleich die Fleischeslust. Er aber glaubte, es seien zwei verschiedene Teufel und kämpfte gegen sie gesondert.

– Mein Gott, mein Gott – dachte er – warum versagst Du mir den Glauben? Ja, die Fleischeslust. Gegen sie kämpften schon Antonius und andere Heilige, aber der Glaube ... Sie hatten ihn, bei mir gibt es aber Minuten, Stunden, Tage, wo ich ihn nicht habe. Wozu ist die ganze Welt mit ihrer ganzen Schönheit, wenn sie voller Sünde ist und man sich von ihr lossagen muss? Wozu hast Du diese Versuchung erschaffen? Die Versuchung? Ist es aber keine Versuchung, dass ich die Freuden der Welt fliehe und mir etwas dort vorbereite, wo vielleicht gar nichts ist? – sagte er sich voll Entsetzen und Abscheu vor sich selbst. – Verworfenes Geschöpf! Du willst heilig sein! – schimpfte er auf sich. Und er fing zu beten an. Kaum stand er aber im Gebet, als er sich vorstellte, wie ehrwürdig er im Kloster in der Kapuze und Mantel ausgesehen hatte. Er schüttelte den Kopf. – Nein, das ist nicht das Richtige. Das ist Betrug. Ich kann aber nur die anderen betrügen, doch nicht mich selbst und Gott. Ich bin kein ehrwürdiger, sondern ein elender und lächerlicher Mensch. – Und er hob die Schöße seiner Kutte, sah auf seine elenden Beine in den Unterhosen und lächelte.

Dann ließ er die Schöße fallen und fing an, Gebete zu sprechen, sich zu bekreuzigen und zu bücken. »Wird denn dieses Lager mein Sarg sein?« las er. Es war ihm, wie wenn ihm ein Teufel zuflüsterte: »Ein einsames Lager ist dein Sarg.

Lüge!« Und er sah vor sich die Schultern der Witwe, mit der er einst ein Verhältnis gehabt hatte. Er schüttelte sich und las weiter. Nachdem er die vorgeschriebenen Gebete gelesen hatte, nahm er das Evangelium vor und schlug es an der Stelle auf, die er oft vor sich wiederholte und auswendig kannte: »Ich glaube, lieber Herr, hilf meinem Unglauben!« So räumte er alle ihn bedrängenden Zweifel weg. Wie man einen Gegenstand mit labilem Gleichgewicht aufstellt, so stellte er seinen Glauben auf schwankendem Fuße auf und trat vorsichtig zurück, um ihn nicht anzustoßen und umzuwerfen. Er setzte sich wieder die Scheuklappen vor und beruhigte sich. Er wiederholte sein kindliches Gebet: »Herr, nimm mich hin, nimm mich hin!« Und es wurde ihm nicht nur leicht, sondern auch freudig zumute. Er bekreuzigte sich, legte sich auf die schmale Bank mit der dünnen Matte, schob sich die Sommerkutte unter den Kopf und schlief ein.

In seinem leisen Schlaf glaubte er ein Schellengeläute zu hören. Er wusste nicht, ob er es im Wachen oder im Schlafe hörte. Aus dem Schlafe weckte ihn ein Klopfen an die Tür. Er erhob sich, traute aber seinen Ohren nicht. Das Klopfen wiederholte sich. Ja, es wurde ganz nahe, an seine Tür geklopft, und er erkannte eine Frauenstimme.

– Mein Gott! Ist es denn wirklich wahr, was ich im Heiligenleben gelesen habe? ... Ja, es ist eine Frauenstimme. Und sie klingt so zart, scheu, lieb. Pfui! – Er spie aus. – Nein, es kommt mir nur so vor. – Er ging in die Ecke, wo ein Betpult stand, und sank mit der gewohnten, vorschriftsmäßigen Bewegung, in der er einen Trost und eine Freude fand, in die Knie. Er kniete nieder, bückte sich, sodass die Haare ihm übers Gesicht fielen, und drückte seine kahle Stirn an den feuchten und kalten Boden.

Er las den Psalm, der, wie ihm der alte P. Pimen gesagt hatte, gegen die Anfechtung des Bösen helfen sollte. Er richtete seinen abgezehrten, leichten Körper leicht auf seinen starken, nervösen Beinen auf und wollte weiterlesen, las aber nicht, sondern spannte unwillkürlich sein Gehör an, um zu hören. Er wollte hören. Es war ganz still. Vom Dache fielen immer die gleichen Tropfen in das Fass, das in der Ecke stand. Draußen herrschte ein Nebel, der den Schnee verzehrte. Es war ganz still. Plötzlich raschelte es am Fenster, und die gleiche zarte, scheue Stimme, eine Stimme, die nur einer bezaubernden Frau angehören konnte, sprach:

»Lassen Sie mich ein. Um Christi Willen...«

Es war ihm, als strömte ihm sein ganzes Blut zum Herzen und stockte. Er konnte nicht einmal Atem holen. »Es stehe Gott auf, dass seine Feinde zerstreuet werden...«

»Ich bin ja kein Teufel ...«. Er hörte, wie die Lippen, die das sagten, lächelten. »Ich bin kein Teufel, sondern einfach eine sündige Frau. Ich habe mich verirrt – nicht im übertragenen, sondern im buchstäblichen Sinne dieses Wortes (sie lachte), bin ganz erfroren und bitte um Obdach...«

Er drückte sein Gesicht an die Fensterscheibe. Das Lämpchen spiegelte sich aber an allen Stellen der Scheibe. Er hielt sich die Hände zu beiden Seiten des Gesichts vor und sah hinaus. Ein Nebel, ein Baum und rechts vom Baume – sie. Ja, sie, eine Frau in einem langhaarigen weißen Pelze, mit einer Pelzmütze auf dem Kopfe, mit einem lieben, lieben, guten, erschrockenen Gesicht, nur wenige Zoll vor seinem Gesicht, zu ihm vorgebeugt. Ihre Augen trafen sich und erkannten einander. Nicht etwa in dem Sinne, als hätten sie einander schon einmal gesehen: Sie hatten sich niemals gesehen, aber an dem Blick, den sie tauschten, erkannten sie beide (ganz besonders er), dass sie einander kennen und verstehen. Nach diesem Blick konnte man nicht mehr zweifeln, dass es eine einfache, gute, liebe, schüchterne Frau und kein Teufel war.

»Wer sind Sie? Was wollen Sie?« fragte er.

»Machen Sie doch auf!« sagte sie in einem eigensinnig befehlenden Ton. »Ich bin ganz erfroren. Ich sage Ihnen doch, dass ich mich verirrt habe.«

»Ich bin Mönch, Einsiedler.«

»Also machen Sie auf. Wollen Sie denn, dass ich unter Ihrem Fenster erfriere, während Sie beten?«

»Wie kommen Sie...«

»Ich fresse Sie nicht auf. Lassen Sie mich um Gottes willen ein. Ich bin erfroren.«

Es wurde ihr selbst unheimlich zumute. Sie sagte das beinahe weinend.

Er wandte sich vom Fenster weg und blickte auf das Bild Christi mit der Dornenkrone. »Herr, hilf mir, Herr, hilf mir!« sagte er, sich bekreuzigend und tief verneigend. Dann ging er zur Tür und trat in den kleinen Vorraum. Hier fand er tastend den Türhaken und begann ihn loszumachen. Von der anderen Seite tönten Schritte. Sie ging vom Fenster zur Türe. »Au!« schrie sie plötzlich auf. Er begriff, dass sie mit dem Fuße in eine Pfütze geraten war, die sich vor seiner Schwelle gebildet hatte. Seine Hände zitterten, und er konnte unmöglich den gespannten Türhaken losmachen.

»Was machen Sie denn, lassen Sie mich ein. Ich bin ganz nass. Und erfroren. Sie denken an Ihr Seelenheil, und ich erfriere hier.«

Er zog die Türe zu sich, hob den Haken und machte die Tür so heftig auf, dass er sie anstieß.

»Ach, entschuldigen Sie!« sagte er, plötzlich ganz in seinen einstigen, gewohnten Ton im Umgange mit Damen verfallend.

Sie lächelte, als sie dieses »entschuldigen Sie« hörte. Nun, er ist doch nicht so schrecklich – dachte sie sich.

»Tut nichts, tut nichts. Entschuldigen Sie mich,« sagte sie, an ihm vorbeigehend. »Ich hätte mich nie entschlossen, aber in diesem besonderen Falle...«

»Treten Sie ein,« sagte er, sie einlassend. Der starke Duft eines feinen Parfüms, den er lange nicht geatmet, schlug ihm entgegen. Sie trat in die Stube. Er machte die Außentüre zu, schloss sie aber nicht ab und kam ebenfalls in die Stube.

»Herr Jesu Christ, Sohn Gottes, sei mir Sünder gnädig! Herr, sei mir Sünder gnädig!« betete er ununterbrochen nicht nur innerlich, sondern auch unwillkürlich mit den Lippen.

»Ich bitte!« sagte er.

Sie stand mitten im Zimmer, und das Wasser lief von ihr auf den Boden. Sie betrachtete ihn, und ihre Augen lächelten.

»Verzeihen Sie, dass ich Ihre Einsamkeit gestört habe. Aber Sie sehen doch, in was für einer Lage ich bin. Es kam so, dass wir aus der Stadt eine Spazierfahrt machten und ich mit den anderen wettete, ich würde von Worobjomka allein zur Stadt gehen. Aber ich verirrte mich und wäre ich nicht auf Ihre Zelle gestoßen ...« begann sie zu lügen. Aber sein Gesicht verwirrte sie dermaßen, dass sie nicht weiter konnte und verstummte. Sie hatte ihn sich ganz anders vorgestellt. Er war nicht der hübsche Mann, wie sie ihn sich ausgemalt hatte, aber er erschien ihr doch schön; die hie und da ergrauten lockigen Haupt- und Barthaare, die regelmäßige feine Nase und die Augen, die wie Kohlen brannten, wenn er gerade vor sich hin blickte, machten auf sie einen starken Eindruck.

Er sah, dass sie log.

»Ja, gut,« sagte er, sie anblickend und wieder die Augen senkend. »Ich gehe hinüber, machen Sie sich's nur bequem.«

Er nahm das Lämpchen von der Wand, zündete eine Kerze an, verbeugte sich tief vor ihr und ging in die kleine Kammer hinter dem Bretterverschlag. Sie hörte, wie er sich dort zu schaffen machte. – Er schließt sich wohl vor mir ab – dachte sie sich lächelnd. Dann zog sie den weißen Pelzmantel aus und nahm die Pelzmütze, die sich von ihren Haaren nicht gleich losreißen ließ, und das gestrickte Tuch, das sie unter der Mütze trug, ab. Sie war gar nicht nass geworden, als sie vor dem Fenster gestanden hatte: Es war nur ein Vorwand, damit er sie einlasse. Aber vor der Tür war sie wirklich in eine Pfütze getreten, und ihr linker Fuß war bis zur Wade nass und der Schuh voll Wasser. Sie setzte sich auf sein Lager – ein mit einer Matte bedecktes Brett und begann

Schuhe und Strümpfe auszuziehen. Die Zelle erschien ihr reizend. Das schmale, etwa drei Ellen breite und vier Ellen lange Stübchen war blitzsauber. Es gab darin nur die Bank, auf der sie saß, ein Bücherbrett darüber und ein Betpult in der Ecke. Auf dem Nagel an der Türe hingen ein Pelz und eine Kutte. Über dem Betpult – das Bild Christi in der Dornenkrone und ein Lämpchen davor. Es roch so sonderbar: nach Baumöl, Schweiß und Erde. Alles gefiel ihr hier, sogar dieser Geruch. Die nassen Füße, besonders der eine, verursachten ihr Unbehagen, und sie beeilte sich, Schuhe und Strümpfe auszuziehen; sie lächelte immerfort und freute sich, weniger darüber, dass sie ihr Ziel erreicht, als dass sie gesehen, dass sie diesen bezaubernden, merkwürdigen, sonderbaren und anziehenden Mann in Verwirrung gebracht hatte.
– Nun, er hat mir nicht geantwortet, das ist noch kein Unglück – sagte sie sich.

»P. Sergij! P. Sergij! Sie heißen doch so?«

»Was wünschen Sie?« antwortete eine leise Stimme.

»Verzeihen Sie, bitte, dass ich Sie in Ihrer Einsamkeit gestört habe, aber ich konnte nicht anders. Ich wäre einfach krank geworden. Ich weiß nicht, ob ich es nicht schon bin. Ich bin ganz durchnässt, die Füße sind wie Eis.«

»Verzeihen Sie,« antwortete die leise Stimme, »ich kann Ihnen mit nichts dienen.«

»Ich hätte Sie sonst nicht belästigt. Ich bleibe nur bis zum Morgengrauen hier.«

Er antwortete nicht, und sie hörte ihn etwas flüstern, offenbar betete er.

»Sie werden doch nicht hereinkommen?« fragte sie lächelnd. »Denn ich muss mich ausziehen, um meine Kleider zu trocknen.«

Er antwortete nicht und fuhr fort, hinter der Wand mit eintöniger Stimme die Gebete zu sprechen.

– Ja, das ist ein Mensch! – dachte sie sich, während sie sich mit dem Überschuh, der voller Wasser war, abmühte.

Sie zog an ihm und konnte ihn nicht vom Fuße ziehen, und das kam ihr so komisch vor. Sie fing an, ganz leise zu lachen; da sie aber wusste, dass er ihr Lachen hörte und dass dieses Lachen auf ihn gerade so wirken würde, wie sie es wollte, lachte sie lauter, und dieses luftige, natürliche, gutmütige Lachen wirkte auf ihn wirklich so, wie sie es wollte.

– Ja, einen solchen Mann kann man liebgewinnen. Diese Augen und dieses einfache, edle Gesicht, das so leidenschaftlich ist, und wenn er noch so eifrig seine Gebete murmelt – dachte sie sich. – Uns Frauen kann man nicht so leicht betrügen, schon als er sein Gesicht an die Scheibe drückte und mich sah, verstand und erkannte er mich. In seinen Augen blitzte es auf, und etwas ist in ihnen geblieben. Er hat Liebe und Verlangen nach mir gefühlt. Ja, er hat mich begehrt – sagte sie sich. Endlich hatte sie sich der Überschuhe und Schuhe entledigt und machte sich an die Strümpfe. Um die langen, an Gummibändern befestigten Strümpfe auszuziehen, musste sie die Röcke heben, sie fühlte sich geniert und sagte:

»Kommen sie bitte nicht herein.«

Aber hinter der Wand kam keine Antwort, sie hörte ihn nur murmeln und irgendwelche Bewegungen machen – er verneigt sich wohl bis zur Erde – dachte sie sich. – Aber das wird ihm nicht helfen. Er denkt ebenso an mich, wie ich an ihn. Er denkt mit dem gleichen Gefühl an diese Beine – sagte sie sich, als sie sich der nassen Strümpfe entledigt und die bloßen Füße auf die Bank hinaufgezogen hatte. Sie saß eine Weile da, die Knie mit den Händen umfassend und nachdenklich vor sich blickend. – Ja, das ist die Einsamkeit, das ist die Stille. Und niemand würde es erfahren ... –

Sie stand auf, trug die Strümpfe zum Ofen und hängte sie an die Ofenklappe – es war eine eigentümliche Klappe. Sie drehte sie einmal um, kehrte dann, mit ihren bloßen Füßen leicht schreitend, zu der Bank zurück, setzte sich auf sie und zog die Beine ein. Hinter der Wand war es ganz still geworden. Sie sah auf die winzige Uhr, die sie am Halse hängen hatte. Es war zwei. – Die Gesellschaft wird mich gegen drei anholen. – Es blieb ihr nur noch eine Stunde.

– Werde ich denn allein dasitzen? Unsinn! Ich will nicht. Ich werde ihn gleich herrufen. –

»P. Sergij! ... P. Sergij! ... Sergej Dmitrijewitsch! ... Fürst Kassatskij! ...«

Hinter der Tür blieb es still.

»Hören Sie, es ist doch grausam. Ich würde Sie nicht rufen, wenn ich nicht müsste. Ich bin krank, ich weiß nicht, was mit mir ist,« begann sie mit leidender Stimme. »Ach, ach!« stöhnte sie, auf das Lager niederfallend. Und seltsam: Sie fühlte plötzlich wirklich eine qualvolle Erschöpfung, Schmerz im ganzen Körper und Schüttelfrost.

»Hören Sie, helfen Sie mir doch. Ich weiß nicht, was mit mir ist. Ach, ach!« sie knöpfte das Kleid vorne auf, entblößte die Brust und warf die bis zu den Ellenbogen nackten Arme zurück. »Ach, ach!«

Er stand währenddessen in seiner Kammer und betete. Er hatte schon alle Abendgebete verrichtet und stand nun unbeweglich, die Augen auf die Nasenspitze gerichtet, und wiederholte im Geiste fortwährend: »Herr Jesu Christ, Sohn Gottes, sei mir gnädig!«

Aber er hörte alles. Er hörte, wie ihr seidenes Kleid raschelte, als sie es auszog, wie sie mit den bloßen Füßen auf den Boden trat, er hörte, wie sie sich die Füße mit den Händen rieb. Er fühlte seine Schwäche, und dass er jeden Augenblick ins Verderben stürzen konnte, und betete darum ununterbrochen. Er empfand etwas in der Art, wie der Märchenheld, der immer weiter gehen musste, ohne sich umzublicken. So hörte und fühlte auch Sergij, dass die Gefahr ganz nahe war, über ihm, um ihn, und dass er sich nur dann retten konnte, wenn er sich für keinen Augenblick zu ihr umwandte. Plötzlich bemächtigte sich aber seiner das Verlangen, einen Blick auf sie zu werfen. In diesem Moment sagte sie:

»Hören Sie, es ist doch unmenschlich, ich kann sterben.«

– Ja, ich werde hingehen, es aber so machen, wie jener Heilige, der die eine Hand auf die Buhlerin legte und die andere über glühende Kohlen hielt. Ich habe aber keine Kohlen hier. – Er sah sich um. Die Lampe. Er hielt den Finger über die Flamme, runzelte die Stirn und wartete auf den Schmerz. Über eine recht lange Zeit glaubte er nichts zu fühlen; er war sich noch nicht klar, ob es wehtat und ob der Schmerz stark genug war, als er plötzlich das Gesicht verzog, die Hand von der Flamme nahm und sie durch die Luft schwang. – Nein, ich kann es nicht.

»Am Gottes willen! Ach, kommen Sie doch her! Ich sterbe! Ach!« – Soll ich mich denn ins Verderben stürzen? Nein!

»Ich komme gleich,« sagte er. Dann öffnete er seine Tür, ging, ohne sie anzusehen, an ihr vorbei in den Vorraum, wo er Holz zu hacken pflegte, und fand tastend den Klotz und das an die Wand gelehnte Beil.

»Sofort,« sagte er. Dann ergriff er das Beil mit der rechten Hand, legte den Zeigefinger der Linken auf den Klotz, hob das Beil und ließ es auf den Finger, unterhalb des zweiten Gliedes niederfallen. Der Finger sprang leichter ab, als ein Holzscheit von der gleichen Stärke abzufallen pflegte, drehte sich um und fiel auf den Rand des Klotzes und dann auf den Boden.

Er hörte diesen Laut früher, als er den Schmerz spürte. Aber er hatte noch nicht Zeit gehabt, sich darüber zu wundern, dass es nicht wehtat, als er plötzlich einen brennenden Schmerz und die Wärme des fließenden Blutes fühlte. Er wickelte das zurückgebliebene Glied schnell in den Zaum der Kutte, drückte es an die Hüfte, öffnete wieder die Tür, blieb vor dem Weibe stehen und fragte sie leise mit gesenkten Augen:

»Was wünschen Sie?«

Sie sah sein erbleichtes Gesicht mit der zitternden linken Wange und spürte plötzlich Scham, sie sprang auf, nahm ihren Pelz und hüllte sich in ihn.

»Ja, ich hatte Schmerzen... Ich habe mich erkältet... Ich... P. Sergij... Ich...«

Er richtete auf sie seine Augen, die mit einem stillen, freudigen Lichte leuchteten, und sagte:

»Liebe Schwester, warum wolltest du deine unsterbliche Seele verderben? Das Ärgernis muss wohl in die Welt kommen, aber wehe dem, durch den es kommt... Bete, dass Gott uns verzeihe.«

Sie lauschte seinen Worten und sah ihn an. Plötzlich hörte sie etwas tropfen, sie sah hin und merkte, dass aus seiner Hand über die Kutte Blut lief.

»Was haben Sie mit Ihrer Hand gemacht?« Sie besann sich auf den Laut, den sie gehört hatte, ergriff die Lampe, lief in den Vorraum und sah auf dem Boden den blutigen Finger liegen. Sie kehrte blasser als er in die Stube zurück und wollte ihm etwas sagen, er ging aber still in seine Kammer und schloss die Tür hinter sich zu.

»Verzeihen Sie mir,« sagte sie. »Womit kann ich meine Sünde gutmachen?«

»Geh.«

»Lassen Sie mich Ihre Wunde verbinden.«

»Geh fort.«

Sie kleidete sich schnell und schweigend an und saß ganz fertig im Pelz, bis sie Schellengeläute hörte.

»P. Sergij, verzeihen Sie mir!«

»Geh. Gott wird dir verzeihen.«

»P. Sergij! Ich will mein Leben ändern, verlassen Sie mich nicht.«

»Geh.«

»Verzeihen Sie mir und segnen Sie mich.«

»Im Namen des Vaters, des Sohnes und des Heiligen Geistes,« tönte es hinter der Wand. »Geh.«

Sie verließ schluchzend die Zelle. Der Rechtsanwalt kam ihr entgegen.

»Nun, ich hab' die Wette verloren,« sagte er. »In welchen Schlitten wollen Sie sich setzen?«

»Es ist mir ganz gleich.«

Sie setzte sich und sprach während der ganzen Fahrt kein Wort.

Nach einem Jahr empfing sie die niederen Nonnenweihen und führte ein strenges Leben in einem Kloster unter der Leitung des Einsiedlers Arsenij, der ihr ab und zu Briefe schrieb.

VI

P. Sergij verbrachte in der Klausur noch sieben Jahre. In der ersten Zeit nahm er vieles von dem an, was man ihm brachte – Tee und Zucker, weißes Brot und Milch, Kleidung und Brennholz.

Aber je mehr Zeit verging, umso strenger gestaltete er sein Leben, auf jeden Überfluss verzichtend, und nahm schließlich nichts außer Schwarzbrot, und auch das nur einmal in der Woche. Alles, was man ihm brachte, gab er den Armen. P. Sergij verbrachte die ganze Zelt in seiner Zelle im Gebet oder in Gesprächen mit den Besuchern, die in immer größerer Zahl zu ihm kamen. Er ging in die Kirche nur an die drei Mal im Jahre und verließ sonst die Zelle, nur wenn er Wasser oder Holz holen wollte.

Im sechsten Jahre dieses Lebens passierte die Geschichte mit der Makowkina, die bald allen bekannt geworden war, ihr nächtlicher Besuch, ihre darauf erfolgte Bekehrung und ihr Eintritt ins Kloster. Der Ruhm P. Sergijs wurde von nun an immer größer. Es besuchten ihn immer mehr Leute, und in der Nähe seiner Zelle siedelten sich Mönche an, die eine Kirche und eine Herberge errichteten. Die Leute kamen zu ihm auch von weit her und brachten zu ihm Kranke, indem sie behaupteten, dass er die Kranken heile.

Die erste Heilung geschah im achten Jahre seines Einsiedlerlebens. Es war die Heilung eines vierzehnjährigen Jungen, den die Mutter zu P. Sergij gebracht hatte mit der Forderung, er möchte seine Hände auf ihn legen. Der Gedanke, dass er Kranke heilen könne, war ihm nie gekommen. Er würde einen solchen Gedanken für eine große Sünde des Hochmuts halten; aber die Mutter, die den Jungen gebracht hatte, flehte ihn unaufhörlich an, lag zu seinen Füßen, beschwor ihn um Christi willen und fragte, warum er, der die anderen heile, ihrem Sohn nicht helfen wolle. Auf die Erklärung P. Sergijs, dass nur Gott allein heilen könne, erwiderte sie, sie bitte ihn nur darum, dass er seine Hand auf den Kranken lege und für ihn bete. P. Sergij weigerte sich es zu tun und ging in seine Zelle. Als er aber am anderen Morgen (es war im Herbst, und die Nächte waren kalt) aus seiner Zelle trat, um Wasser zu holen, erblickte er wieder die gleiche Mutter mit dem Sohn, einem blassen vierzehnjährigen Jungen, und hörte die gleiche Bitte. P. Sergij gedachte der Parabel vom ungerechten Richter und bekam plötzlich Zweifel, obwohl er früher nicht gezweifelt hatte, ob er die Bitte abschlagen müsse; und als ihm der Zweifel kam, begann er zu beten und betete so lange, bis in seinem Herzen ein Entschluss feststand. Der Entschluss war, dass er die Bitte der Frau erfüllen müsse, dass ihr Glaube den Sohn retten könne; er P. Sergij selbst werde in diesem Falle nur ein einfaches, von Gott auserwähltes Werkzeug sein.

Er kehrte zur Mutter zurück und erfüllte ihre Bitte, indem er die Hand dem Jungen auf den Kopf legte und für ihn betete.

Die Mutter fuhr mit dem Sohne heim, und der Junge war nach einem Monat genesen. In der ganzen Gegend verbreitete sich das Gerücht von der heiligen Heilkraft des Starez Sergij, wie man ihn jetzt nannte. Nun verging keine Woche, wo zu P. Sergij keine Kranke gegangen oder gefahren kamen; da er es den einen nicht abgeschlagen hatte, konnte er es auch den anderen nicht abschlagen; so legte er seine Hand auf die Kranken und betete für sie, und viele wurden gesund. Und der Ruhm P. Sergijs verbreitete sich immer weiter.

So vergingen neun Jahre in den Klöstern und dreizehn Jahre in der Einsamkeit. P. Sergij hatte jetzt das Aussehen eines Starez: Sein Bart war lang und grau, aber das, wenn auch etwas gelichtete, Haupthaar noch schwarz und gelockt.

VII

P. Sergij lebte schon seit einigen Wochen mit einem Gedanken, der sich nicht abweisen ließ: ob er recht gehandelt, als er sich in die Lage geschickt hatte, in die er weniger auf eigenen Wunsch als auf das Geheiß des Archimandriten und des Abtes gekommen war. Es hatte nach der Heilung des vierzehnjährigen Jungen angefangen. Von nun an hatte Sergij mit jedem Monat, mit jeder Woche und mit jedem Tage immer deutlicher gefühlt, wie sein inneres Leben vernichtet und von einem äußeren ersetzt wurde. Es war ihm, als würde sein ganzes Wesen von innen nach außen gewendet.

Sergij sah, dass er als ein Mittel diente, um die Besucher und Spender ans Kloster heranzuziehen, und dass die Obrigkeit des Klosters ihn darum in solche Bedingungen versetzte, in denen er ihr am meisten nutzen könnte. So ließ man ihm z. B. keine Möglichkeit mehr, zu arbeiten. Man hielt für ihn alles bereit, was er brauchen konnte, und verlangte von ihm nur, dass er den Besuchern, die zu ihm kamen, seinen Segen nicht versage. Der Bequemlichkeit halber wurden eigene Empfangstage festgesetzt. Man richtete einen eigenen Empfangsraum für die Männer ein, stellte eine Schranke auf, damit ihn die Frauen, die sich auf ihn stürzten, nicht umwürfen, und richtete einen Platz ein, wo er die Besucher segnete. Man sagte ihm, dass die Menschen ihn brauchten, dass er, wenn er das christliche Gebot der Liebe erfülle, den Leuten ihren Wunsch, ihn zu sehen, nicht abschlagen dürfe und dass die Abweisung dieser Menschen eine Grausamkeit wäre. Er musste dem zustimmen; aber je mehr er sich diesem Leben hingab, umso deutlicher fühlte er, wie das Innere zum Äußeren wurde, wie die Quelle des lebendigen Wassers in ihm versiegte, wie er das, was er tat, immer mehr der Menschen wegen und nicht für Gott tat.

Wenn er die Menschen belehrte, oder sie einfach segnete, für die Kranken betete, oder den Menschen riet, wie sie leben sollten, wenn er den Dank der Menschen hörte, denen er durch Heilungen, wie man ihm sagte, oder durch Belehrungen geholfen hatte, musste er sich darüber freuen und an die Folgen seiner Tätigkeit und an deren Wirkung auf die Menschen denken. Er dachte daran, dass er eine brennende Leuchte gewesen sei, und je mehr er es fühlte, umso stärker empfand er auch das Abnehmen, das Erlöschen des göttlichen Lichtes der Wahrheit, das in ihm brannte. »In welchem Maße tue ich das, was ich tue, für die Menschen, und in welchem Maße für Gott?« das war die Frage, die ihn beständig quälte und die er nicht beantworten konnte oder vielmehr wagte. Er fühlte in der Tiefe seiner Seele, dass der Teufel anstelle seiner ganzen Tätigkeit für Gott eine Tätigkeit für die Menschen geschoben hatte. Er fühlte es daran, dass es ihm jetzt ebenso schwer war, seine Einsamkeit zu tragen, wie früher aus dieser Einsamkeit herausgerissen zu werden. Die Besucher fielen ihm zur Last, sie ermüdeten ihn, aber in der Tiefe seiner Seele freute er sich über sie, freute sich über die Lobpreisungen, mit denen man ihn umgab.

Es gab sogar eine Zeit, wo er sich entschloss, wegzugehen und sich zu verbergen. Er hatte sich sogar alles überlegt, wie es zu machen war. Er hatte sich ein Bauernhemd, eine Hose, einen Kaftan und eine Mütze vorbereitet. Er erklärte, dass er diese Dinge brauche, um an die Bittenden zu verteilen. Und er hielt diese Kleidung bei sich bereit und dachte sich, wie er sie anlegen, sich die Haare abscheren und weggehen würde. Erst würde er an die dreihundert Werst mit dem Zuge fahren, dann aussteigen und zu Fuß durch die Dörfer gehen. Er erkundigte sich bei einem alten Soldaten, wie jener durchs Land zu ziehen pflege, wie die Leute Almosen geben und ein Nachtlager gewähren. Der Soldat erzählte ihm, in welchen Gegenden die Leute mehr Almosen geben und leichter Einlass gewähren, und P. Sergij beschloss so zu tun. Eines Nachts kleidete er sich sogar an und wollte weggehen, wusste aber nicht, was besser sei: Bleiben oder fliehen? Anfangs war er unentschlossen, dann verging aber die Unentschlossenheit, er gewöhnte sich und unterwarf sich dem Teufel, und die Bauernkleidung allein erinnerte ihn noch an seine Gedanken und Gefühle.

Von Tag zu Tag kamen zu ihm immer mehr Leute, und es blieb ihm immer weniger Zeit für die geistige Labung und fürs Gebet. Zuweilen, in lichten Augenblicken, dachte er sich, dass er einer Stätte gleiche, auf der eine Quelle gewesen sei. »Es war eine schwache Quelle lebendigen Wassers, die still aus mir, über mich floss. Das war das wahre Leben, als sie (er gedachte immer mit Begeisterung jener Nacht und auch ihrer, die jetzt Schwester Agnia hieß) ihn versucht hatte. Sie hatte von jenem reinen Wasser gekostet, aber seitdem die Dürstenden kommen, sich drängen, und einander von der Quelle wegstoßen, kann sich das Wasser nicht mehr sammeln. Und sie haben alles verschüttet, es ist nur Schmutz geblieben.« So dachte er in den seltenen lichten Augenblicken; aber sein gewöhnlichster Zustand war Müdigkeit und die Rührung über sich selbst ob dieser Müdigkeit.

Es war im Frühjahr, am Vorabend des Festes der Wasserweihe. P. Sergij hatte die Abendmesse in seiner Höhlenkirche gelesen. Es waren so viel Leute dabei, als die Höhle überhaupt fassen konnte, – an die zwanzig Personen. Es waren lauter reiche Herrschaften und Kaufleute. P. Sergij selbst ließ alle ein, aber diese Wahl machten der Mönch, der ihm beigestellt war, und der Diensthabende, den man täglich aus dem Kloster zu seiner Klause schickte. Das Volk, an die achtzig Pilger, Männer und noch mehr Frauen, drängte sich draußen und wartete auf das Erscheinen P. Sergijs und auf seinen Segen. P. Sergij zelebrierte die Messe, und als er an das Grab seines Vorgängers trat, wankte er und wäre wohl umgefallen, wenn der hinter ihm stehende Kaufmann und der Mönch, der beim Gottesdienst den Diakon vertrat, ihn nicht gestützt hätten.

Was ist mit Ihnen? Väterchen, P. Sergij! Liebster! Gott!« riefen die Frauen. »So weiß wie ein Tuch sind Sie geworden.«

P. Sergij erholte sich aber gleich wieder; er war zwar noch sehr blass, schob aber den Kaufmann und den Diakon beiseite und sang weiter. P. Serapion, der Diakon, die Kirchendiener und Sofja Iwanowna, eine Dame, die ständig in der Nähe seiner Klause wohnte und ihn bemutterte, baten ihn, den Gottesdienst abzubrechen.

»Tut nichts, tut nichts,« entgegnete P. Sergij, unter seinem Schnurrbart kaum sichtbar lächelnd. »Unterbrechen Sie den Gottesdienst nicht.« – ja, so tun die Heiligen – dachte er sich.

»Ein Heiliger, ein Engel Gottes,« hörte er im gleichen Augenblick hinter sich die Stimmen Sofia Iwanownas und des Kaufmanns, der ihn gestützt hatte. Er hörte nicht auf ihre Bitten und fuhr im Gottesdienst fort. Dann gingen alle, sich drängend, durch die schmalen Gänge in die kleine Kirche zurück, und hier führte P. Sergij die Abendmesse, wenn auch etwas gekürzt, zu Ende.

Gleich nach dem Gottesdienste gab P. Sergij den Anwesenden seinen Segen und setzte sich dann auf die Bank unter der Ulme am Eingang zu der Höhle. Er wollte ausruhen und frische Luft atmen; er fühlte, dass er es brauchte; kaum war er aber ins Freie getreten, als die Menge des Volkes sich auf ihn stürzte, um ihn um seinen Segen, um Rat und Hilfe zu bitten. Es waren hier Wallfahrerinnen, die ständig von einer heiligen Stätte zur andern, von einem Starez zum anderen pilgern und die von jeder heiligen Stätte und von jedem Starez gerührt sind. P. Sergij kannte diesen weitverbreiteten, ganz unreligiösen, kalten, äußerlichen Typus. Es waren hier Wallfahrer, zum größten Teil ehemalige Soldaten, des sesshaften Lebens entwöhnte alte Männer, die große Not leiden, zum größten Teil auch trinken und sich von Kloster zu Kloster herumtreiben, nur um sich verpflegen zu lassen; es waren hier auch ganz einfache Bauern und Bäuerinnen mit ihren egoistischen Forderungen, dass er sie heile, oder ihre Zweifel in solchen rein praktischen Angelegenheiten löse, wie die Verheiratung einer Tochter, die Pacht eines Ladens, der Kauf von Land, oder sie von der Sünde, ein Kind im Schlafe erdrückt oder außer der Ehe geboren zu haben, losspreche. Das alles war P. Sergij längst bekannt und interessierte ihn nicht. Er wusste, dass er von diesen Leuten nichts Neues erfahren konnte, dass sie in ihm keinerlei religiöses Gefühl zu wecken vermochten, aber er liebte sie zu sehen als eine Menge, der er, seinen Segen, sein Wort notwendig und teuer waren; darum fiel ihm diese Menge zur Last und war ihm zugleich angenehm. P. Serapion versuchte die Leute zu vertreiben, indem er ihnen sagte, dass P. Sergij müde sei, aber er besann sich dann auf die Worte des Evangeliums: »Wehret den Kindlein nicht zu mir zu kommen!«; dies rührte ihn, und er sagte, dass man sie vorlassen solle.

Er stand auf, trat ans Geländer, vor dem sie sich drängten, und fing an, sie zu segnen und ihre Fragen mit einer Stimme zu beantworten, deren Schwäche ihn selbst rührte. Aber er konnte, so sehr er es auch wollte, sie alle doch nicht empfangen; es wurde ihm wieder finster vor den Augen, er wankte und griff nach dem Geländer. Er fühlte einen Blutandrang im Kopfe, wurde erst blass und dann plötzlich rot.

»Ja, ich werde es wohl auf morgen aufschieben müssen. Ich kann jetzt nicht,« sagte er. Dann gab er allen einen gemeinsamen Segen und ging zur Bank. Der Kaufmann stützte ihn wieder, führte ihn am Arm zu der Bank und half ihm sich hinsetzen.

»Vater!« tönte es aus der Menge. »Vater! Väterchen! Verlass uns nicht. Wir sind ohne dich verloren!«

Der Kaufmann übernahm, nachdem er P. Sergij auf die Bank unter der Ulme gesetzt hatte, das Amt eines Polizisten und begann das Volk sehr energisch auseinanderzutreiben. Er sprach zwar leise, sodass P. Sergij ihn nicht hören konnte, aber resolut und böse: »Schert euch, schert euch! Er hat euch ja gesegnet, was wollt ihr noch? Marsch! Sonst hau ich euch den Buckel voll. Na, na! Du, Tante mit den schwarzen Fußlappen, geh, geh! Was drängst du dich vor? Man sagt euch ja, es ist Feierabend. Vielleicht wird Gott morgen etwas bescheren, heute ist aber alles zu Ende.«

»Väterchen, wenn ich doch nur mit einem Auge sein Gesichtchen anschauen könnte,« sprach eine Alte.

»Ich werde dich anschauen! Wo willst du hin?«

P. Sergij merkte, dass der Kaufmann allzu streng vorging, und sagte mit schwacher Stimme dem Zellendiener, er solle das Volk nicht vertreiben. P. Sergij wusste, dass er es doch vertreiben würde, und wollte gern allein bleiben und ausruhen; aber er schickte den Zellendiener, nur um Eindruck zu machen.

»Gut, gut. Ich vertreibe sie nicht, ich rede ihnen nur ins Gewissen,« antwortete der Kaufmann, »Sie sind ja alle froh, einem Menschen den Garaus zu machen, sie wissen nichts von Mitleid und denken nur an sich. Es geht nicht, ich hab' es euch schon gesagt, dass es nicht geht. Marsch! Morgen.«

Und der Kaufmann verjagte alle.

Der Kaufmann gab sich solche Mühe, weil er die Ordnung liebte und die einfachen Leute gern kommandierte, vor allen Dingen, aber weil er P. Sergij brauchte. Er war Witwer und hatte eine einzige kranke Tochter, die nicht heiraten wollte und die er aus einer Entfernung von vierzehnhundert Werst zu P. Sergij gebracht hatte, damit er sie heile. Er hatte diese Tochter während der zwei Jahre ihrer Krankheit schon an verschiedenen Orten behandeln lassen. Erst in der Universitätsklinik einer Gouvernementsstadt, aber das half ihr nicht; dann fuhr er mit ihr zu einem Bauern im Gouvernement Samara – hier wurde es ihr etwas besser; dann brachte er sie nach Moskau zu einem Arzt, dem er viel Geld bezahlte, der aber nicht half. Nun hatte er erfahren, dass P. Sergij Krankheiten heile, und die Tochter zu ihm gebracht. Als der Kaufmann das ganze Volk auseinandergetrieben hatte, ging er auf P. Sergij zu, kniete vor ihm ohne jede Vorbereitung nieder und sagte mit lauter Stimme: »Heiliger Vater! Segne meine kranke Tochter und heile sie von ihrer Krankheit. Ich erkühne mich, vor deinen heiligen Füßen niederzufallen.«

Er legte die Hände zu einem Kelch zusammen. Er machte und sagte dies alles so, als handelte es sich um etwas von der Sitte und vom Gesetz klar und bestimmt Vorgeschriebenes, als müsse und solle man gerade so und nicht anders um die Heilung einer kranken Tochter bitten. Er machte es mit solcher Sicherheit, dass es sogar P. Sergij selbst schien, dass man dies alles gerade so machen und sprechen müsse. Aber er befahl ihm dennoch aufzustehen und den Sachverhalt zu erzählen. Der Kaufmann erzählte, dass seine Tochter, ein zweiundzwanzigjähriges Mädchen, vor zwei Jahren, nach dem plötzlichen Tode ihrer Mutter erkrankt sei, »vor Schreck aufgeschrien« hätte, wie er sich ausdrückte, und seit jener Zeit geistesgestört sei. Er habe sie aus einer Entfernung von vierzehnhundert Werst gebracht, und sie warte in der Herberge, bis P. Sergij befehlen würde, sie herzubringen. Am Tage gehe sie nicht aus und scheue das Licht und könne nur nach Sonnenuntergang ausgehen.

»Nun, ist sie sehr schwach?« fragte P. Sergij.

»Nein, eine besondere Schwäche ist an ihr nicht wahrzunehmen, sie ist auch korpulent, aber neurasthenisch, wie der Doktor gesagt. Wenn P. Sergij befehlen, sie jetzt gleich herzubringen, würde ich im Nu hinüberlaufen. Heiliger Vater, erquicken Sie das Herz des Vaters, richten Sie sein Geschlecht auf, retten sie durch Ihre Gebete seine kranke Tochter!«

Der Kaufmann fiel wieder in die Kniee, faltete die Hände wie früher zusammen, neigte seitwärts den Kopf und erstarrte. P. Sergij befahl ihm wieder aufzustehen und dachte sich, wie schwer seine Tätigkeit sei und wie demütig er sie dennoch trage, seufzte tief auf, schwieg einige Sekunden und sagte dann: »Gut, bringen Sie sie abends her. Ich will für sie beten, aber jetzt bin ich sehr müde.« Er schloss die Augen. »Ich werde dann nach Ihnen schicken.«

Der Kaufmann entfernte sich auf den Fußspitzen, was die Folge hatte, dass seine Stiefel noch lauter knarrten, und P. Sergij blieb allein.

Das ganze Leben P. Sergijs war mit Gottesdiensten und Empfängen von Besuchern angefüllt, aber dieser Tag war ganz besonders schwer gewesen. Des Morgens hatte ihn ein zugereister hoher Würdenträger besucht und sich mit ihm lange unterhalten; nach ihm war eine Dame mit ihrem Sohne dagewesen. Dieser Sohn war ein junger Professor, ein Ungläubiger, den die von einem heißen Glauben beseelte und P. Sergij ergebene Mutter zu ihm gebracht hatte, damit er mit ihm spreche. Das Gespräch war sehr schwer gewesen. Der junge Mann wollte sich offenbar mit dem Mönch in keinen Streit einlassen und stimmte ihm wie einem schwachen Menschen in allem bei, aber P. Sergij sah, dass der junge Mann nicht glaubte, sich aber trotzdem wohl, leicht und ruhig fühlte.

»Wollen Sie speisen, Väterchen?« fragte der Zellendiener.

»Ja, bringen Sie mir etwas.«

Der Diener ging in die Zelle, die man zehn Schritt vor dem Eingang zur Höhle erbaut hatte, und P. Sergij blieb allein.

Die Zeit, wo P. Sergij allein gelebt, für sich alles selbst gemacht und sich nur mit Hostien und Brot ernährt hatte, war längst vorbei. Man hatte ihm schon lange bewiesen, dass er nicht das Recht habe, seine Gesundheit zu vernachlässigen, und ernährte ihn mit zwar nach den Fastenvorschriften zubereiteten, aber kräftigenden Speisen. Er nahm davon wenig, aber bedeutend mehr als früher und aß oft mit besonderem Genuss und nicht mit Abscheu und Schuldbewusstsein wie früher. So war es auch an diesem Abend. Er aß etwas Brei, trank eine Tasse Tee und verzehrte ein halbes Weißbrot.

Der Zellendiener ging, und er blieb allein auf der Bank unter der Ulme sitzen.

Es war ein herrlicher Maiabend. Die Blätter der Birken, Espen, Ulmen, Faulbäume und Eichen hatten sich eben entfaltet. Die Faulbaumbüsche hinter der Ulme standen in voller Blüte; die Nachtigallen – die eine in nächster Nähe und zwei oder drei andere unten im Gesträuch am Flusse – schlugen und schmetterten. Vom Flusse her tönte Gesang der wohl von der Arbeit heimkehrenden Arbeiter; die Sonne war hinter den Wald gesunken, und ihre gebrochenen Strahlen drangen durch das Laub. Diese ganze Seite war hellgrün; die andere mit der Ulme – dunkel. Die Käfer schwärmten, stießen gegen die Bäume und fielen nieder.

Nach dem Essen begann P. Sergij das innerliche Gebet zu verrichten: »Herr Jesu Christ, Sohn Gottes, sei uns gnädig«; dann las er einen Psalm; mitten im Psalm flog plötzlich ein Spatz von einem Strauch auf die Erde, lief zwitschernd und hüpfend auf ihn zu, erschrak vor etwas und flog davon. Er sprach das Gebet, in dem vom Verzicht auf diese Welt die Rede war, und hatte Eile, es schneller zu beenden, um nach dem Kaufmann mit der kranken Tochter schicken zu können; diese Tochter interessierte ihn. Sie interessierte ihn, weil sie für ihn eine neue Person, eine Zerstreuung bedeutete, weil ihr Vater und sie selbst ihn für einen Heiligen hielten, dessen Gebet in Erfüllung ginge. Er wies es zwar zurück, hielt sich aber in der Tiefe seiner Seele doch für einen solchen.

Er wunderte sich oft darüber, wie es gekommen, dass er, Stepan Kassatskij, zu so einem ungewöhnlichen Heiligen und sogar Wundertäter geworden war; dass er wirklich ein solcher war, unterlag keinem Zweifel: Es war ihm doch unmöglich, an die Wunder nicht zu glauben, die er selbst gesehen hatte, mit dem gelähmten Jungen angefangen bis zu der letzten Alten, die auf sein Gebet hin ihr Augenlicht wieder bekam.

Wie seltsam es auch erscheint, es war doch so. So interessierte ihn die Kaufmannstochter, weil sie eine neue Person war, weil sie den Glauben an ihn hatte, und weil es ihm bevorstand, seine Heilkraft und seinen Ruhm an ihr von Neuem zu bestätigen. »Von tausend Werst weit kommt man gefahren, man schreibt in den Zeitungen, der Kaiser weiß es, in Europa, im ungläubigen Europa weiß man es,« dachte er sich. Plötzlich schämte er sich seiner Eitelkeit und fing wieder an, zu Gott zu beten. »Herr, König des Himmels, Tröster, Seele der Wahrheit, komm und dringe in uns ein und reinige uns von jedem Unrat, errette, Allgütiger, unsere Seelen. Reinige mich vom Gräuel des menschlichen Ruhmes, der mich umstürmt,« wiederholte er und dachte anbei, wie oft er schon so gebetet hatte und wie vergeblich seine Gebete in dieser Beziehung gewesen waren. Sein Gebet wirkte Wunder für die anderen, aber für sich selbst vermochte er von Gott nicht die Erlösung von dieser nichtigen Leidenschaft zu erflehen.

Er erinnerte sich seiner Gebete aus der ersten Zeit seines Klausnerlebens, als er Gott um Reinheit, Demut und Liebe gebeten hatte, und dass Gott, wie es ihm damals schien, seine Gebete erhört hatte: Er war rein gewesen und hatte sich den Finger abgehauen. Er führte den runzligen Stummel des Fingers an den Mund und küsste ihn. Es schien ihm, dass er gerade damals demütig gewesen sei, als er sich selbst immer abscheulich in seiner Sündhaftigkeit erschien, und er glaubte, dass er damals auch die Liebe gehabt habe, als er sich erinnerte, mit welcher Rührung er damals den Alten, der ihn besuchte, den betrunkenen Soldaten, der ihn um Geld bat, und auch sie empfangen hatte. Aber jetzt? ... Und er fragte sich, ob er jemand liebe, ob er Sofja Iwanowna, P. Serapion liebe, ob er gegen alle die Leute, die ihn heute besucht hatten, Liebe empfunden habe; gegen diesen gelehrten jungen Mann, mit dem er so belehrend gesprochen hatte, nur um das eine besorgt, ihm seinen Geist und seine fortschrittliche Bildung zu zeigen. Ihre Liebe war ihm angenehm, und er brauchte sie, aber er selbst hatte zu ihnen keine Liebe. Es war keine Liebe mehr in ihm, auch keine Demut und keine Reinheit.

Es war ihm angenehm zu hören, dass die Kaufmannstochter nur zweiundzwanzig Jahre alt war, und er wollte wissen, ob sie hübsch sei. Als er sich nach ihrer Schwäche erkundigt hatte, wollte er eben wissen, ob sie einen weiblichen Reiz habe oder nicht.

– Bin ich denn wirklich so tief gesunken? – dachte er sich. – Herr hilf mir, richte mich auf, mein Gott und Herr! – Und er faltete die Hände und begann zu beten. Die Nachtigallen schmetterten; ein Käfer flog gegen ihn und kroch über seinen Nacken. Er warf ihn auf den Boden. – Gibt es Ihn? Was, wenn ich an einem von außen zugesperrten Hause klopfe? ... Das Schloss hängt an der Tür, und ich könnte es sehen. Dieses Schloss sind – die Nachtigallen, die Käfer, die Natur. Der junge Mann hat vielleicht recht. – Und er begann laut zu beten und betete so lange, bis diese Gedanken wichen und er sich wieder ruhig und sicher fühlte. Er klingelte und sagte dem eintretenden Zellendiener, der Kaufmann solle jetzt mit seiner Tochter kommen.

Der Kaufmann brachte die Tochter am Arm in die Zelle und ging selbst gleich wieder weg.

Die Tochter war blond, außerordentlich weiß, blass und voll, ein kleingewachsenes Mädchen mit einem erschrockenen Kindergesicht und stark entwickelten weiblichen Formen. P. Sergij blieb auf der Bank am Eingang sitzen. Als das Mädchen kam und neben ihm stehen blieb und er sie segnete, erschrak er über sich selbst, wie er ihren Körper angesehen hatte. Als sie an ihm vorbeigegangen war, fühlte er sich wie von einer Schlange gebissen. Ihrem Gesichte hatte er angesehen, dass sie sinnlich und schwachsinnig war. Er stand auf und trat in die Zelle. Sie saß auf dem Schemel und wartete auf ihn.

Als er eintrat, stand sie auf.

»Ich will zu Papa,« sagte sie.

»Fürchte dich nicht,« sagte er. »Was tut dir weh?«

»Alles tut mir weh,« sagte sie, und ihr Gesicht erstrahlte plötzlich in einem Lächeln.

»Du wirst gesund sein,« sagte er, »bete.«

»Was soll ich beten, ich habe schon gebetet, es nützt mir nicht.« sie lächelte immer. »Beten Sie für mich und legen Sie Ihre Hände auf mich. Ich habe Sie im Traume gesehen.«

»Wie hast du mich gesehen?«

»Mir träumte, dass Sie mir Ihr Händchen auf die Brust legten, so«: – sie nahm seine Hand und drückte sie sich auf die Brust. »Hier an diese Stelle.«

Er überließ ihr seine ganze Rechte.

»Wie heißt du?« fragte er, am ganzen Leibe zitternd, und fühlte, dass er besiegt war, dass er jede Gewalt über sein Fleisch verloren hatte.

»Marja. Warum?«

Sie nahm seine Hand und küsste sie; dann umschlang sie mit der einen Hand seine Taille und drückte ihn an sich.

»Was hast du?« sagte er. »Marja, du bist der Teufel.«

»Nun, vielleicht macht es nichts.«

Und sie umarmte ihn und setzte sich mit ihm aufs Bett.

Beim Morgengrauen trat er vor die Zelle.

– Ist denn alles wirklich gewesen? Wenn der Vater kommt, wird sie es ihm erzählen, die ist der Teufel. Aber was werde ich tun? Da ist es, das Beil, mit dem ich mir den Finger abgehauen habe. – Er ergriff das Beil und ging damit in die Zelle.

Der Zellendiener kam ihm entgegen.

»Befehlen Sie, Holz zu hacken? Geben sie mir, bitte, das Beil.«

Er gab ihm das Beil. Dann trat er in die Zelle. Sie lag da und schlief. Er sah sie entsetzt an. Dann ging er hinter den Verschlag, nahm die Bauernkleider vom Nagel, zog sie an, nahm eine Schere, schnitt sich das Haar ab und ging den Fußpfad zum Flusse hinunter, an dem er schon seit vier Jahren nicht gewesen war.

Längs des Flusses lief ein Weg; er schlug ihn ein und ging bis Mittag. Am Mittag trat er ins Feld und legte sich ins Korn. Gegen Abend kam er zu einem Dorf, das am Flusse lag. Er ging aber nicht ins Dorf, sondern zum Uferabhang am Flusse.

Es war sehr früh, vielleicht eine halbe Stunde vor Sonnenaufgang. Alles war grau und düster, vom Westen her wehte ein kalter Frühwind. – Ja, ich muss ein Ende machen. Es gibt keinen Gott. Wie soll ich ein Ende machen? Mich hinunterstürzen? Aber ich verstehe zu schwimmen und werde nicht ertrinken. Mich erhängen? Ja, mit diesem Gürtel an einem Ast. – Das erschien ihm so möglich und nahe, dass er sich entsetzte und wie immer in Augenblicken der Verzweiflung beten wollte. Aber er wusste, es war niemand, zu dem er beten könnte – es gab doch keinen Gott. Er lag, auf einen Ellenbogen gestützt, und fühlte plötzlich solche Schläfrigkeit, dass er den Kopf nicht mehr mit der Hand halten konnte; er streckte seinen Arm aus, legte den Kopf darauf und schlief sofort ein. Der Schlaf dauerte aber nur einen Augenblick; er erwachte sofort und sah, entweder im Traume oder in der Erinnerung, dieses Bild.

Er sieht sich fast als Kind im Hause der Mutter auf dem Lande; ein Wagen kommt gefahren, und aus dem Wagen steigen: der Onkel Nikolai Sergejewitsch mit seinem großen breiten schwarzen Bart und das schmächtige kleine Mädchen Paschenjka mit großen sanften Augen und einem unglücklichen, schüchternen Gesicht. Diese Paschenjka bringt man nun in seine Jungengesellschaft. Man muss mit ihr spielen, aber es ist so langweilig, die ist dumm, und es endet damit, dass man sie auslacht: Man zwingt sie zu zeigen, wie sie schwimmen könne. Sie legt sich auf den Boden und zeigt es auf dem Trockenen. Alle lachen und halten sie zum Narren. Und sie sieht es, sie errötet fleckenweise und wird so unglücklich, dass man sich schämen muss und ihr schiefes, gutmütiges, demütiges Lächeln nie wieder vergessen kann. Und Sergij erinnert sich, wann er sie nachher gesehen hat. Es war viel später, vor seinem Eintritt ins Kloster, die war mit irgendeinem Gutsbesitzer verheiratet, der sein ganzes Vermögen verschwendet hatte und sie schlug. Sie hatte zwei Kinder: einen Sohn und eine Tochter. Der Sohn war ganz jung gestorben.

Sergij erinnerte sich, wie er sie in ihrem Unglück gesehen hatte. Dann sah er sie im Kloster als Witwe. Sie war immer dieselbe, nicht gerade dumm, aber geschmacklos, unbedeutend und jämmerlich. Sie war ins Kloster mit ihrer Tochter und deren Bräutigam gekommen. Sie waren schon arm. Dann hatte er gehört, sie lebe in irgendeiner Provinzstadt in großer Armut. – Warum denke ich an sie? – fragte er sich. Aber er konnte nicht aufhören, an sie zu denken. – Wo ist sie? Was ist mit ihr? Ist sie noch immer so unglücklich wie damals, als sie auf dem Fußboden zeigte, wie man schwimmt? Aber was soll ich an sie denken? Was bin ich? Ich muss ein Ende machen. –

Ihn überkam aber wieder Angst, und er fing wieder an, um sich von diesem Gedanken zu retten, an Paschenjka zu denken.

So lag er lange und dachte bald an sein unvermeidliches Ende und bald an Paschenjka. Paschenjka erschien ihm als eine Rettung. Endlich schlief er ein und sah im Traume einen Engel, der zu ihm kam und sagte: »Geh zu Paschenjka und erfahre von ihr, was du zu tun hast, worin deine Sünde ist und worin deine Rettung.«

Er erwachte und sagte sich, dass es eine von Gott gesandte Vision gewesen sei; er freute sich darüber und beschloss so zu tun, was ihm in der Vision befohlen worden war. Er kannte die Stadt, in der sie wohnte – es war etwa dreihundert Werst weit – und ging hin.

VIII

Paschenjka war längst nicht mehr Paschenjka, sondern eine alte, ausgemergelte, runzlige Praskowja Michailowna, die Schwiegermutter eines Pechvogels, des dem Trunk ergebenen Beamten Mawrikiew. Sie lebte in der Provinzstadt, in der der Schwiegersohn seine letzte Stelle gehabt hatte, und ernährte die ganze Familie: die Tochter, den kranken neurasthenischen Schwiegersohn und fünf Enkelkinder. Sie ernährte sie damit, dass sie den Kaufmannstöchtern Musikstunden gab. Sie hatte manchmal vier, manchmal fünf Stunden am Tage und verdiente so gegen sechzig Rubel im Monat. Davon lebten sie alle in Erwartung einer Anstellung für den Mann. Praskowja Michailowna schrieb Briefe an alle ihre Verwandten und Bekannten mit der Bitte um eine Stelle für den Schwiegersohn, darunter auch an Sergij. Dieser Brief erreichte ihn aber nicht mehr.

Es war Sonnabend, und Praskowja Michailowna knetete selbst einen Hefeteig mit Rosinen, wie ihn der leibeigene Koch bei ihrem Papa so gut zu bereiten verstand. Praskowja Michailowna wollte ihren Enkelkindern am Sonntag etwas Gutes geben.

Mascha, ihre Tochter, war mit dem Kleinsten beschäftigt, die älteren Kinder, der Junge und das Mädchen, waren in der Schule. Der Schwiegersohn hatte eine schlaflose Nacht verbracht und war eben eingeschlafen. Auch Praskowja Michailowna war gestern lange nicht zu Bett gegangen, da sie sich bemüht hatte, den Zorn ihrer Tochter gegen den Mann zu beschwichtigen.

Sie sah, dass der Schwiegersohn, ein schwaches Geschöpf, unmöglich anders leben und sprechen konnte, dass alle Vorwürfe der Frau ihm nicht helfen würden, und sie wandte all ihre Kraft auf, um sie zu beschwichtigen, damit es keine Vorwürfe und nichts Böses gebe. Schlechte Beziehungen zwischen den Menschen waren ihr fast physisch unerträglich. Es war ihr so klar, dass das niemanden besser machen könne und dass alles nur schlimmer werden würde.

Sie dachte nicht mal daran; sie litt einfach, wenn sie Hass sah, wie unter einem schlechten Geruch, einem schrillem Pfiff oder Schlägen.

Sie hatte soeben mit großer Freude Lukerja gezeigt, wie man Hefeteig bereitet, als Mischa, ihr sechsjähriger Enkel, mit einer Schürze, in gestopften Strümpfchen, auf seinen krummen Beinchen in die Küche gelaufen kam und mit erschrockenem Gesicht rief: »Großmutter, ein schrecklicher Alter sucht dich.«

Lukerja sah hinaus.

»Es ist wirklich ein Pilger draußen, Gnädige.«

Praskowja Michailowna wischte ihre mageren Ellenbogen aneinander und die Hände an der Schürze ab und ging ins Zimmer, um den Beutel zu holen und dem Mann fünf Kopeken zu geben; dann erinnerte sie sich aber, dass sie bloß Zehnkopekenstücke hatte, und entschloss sich, ihm Brot zu geben. Sie kehrte zum Küchenschrank zurück, errötete aber plötzlich beim Gedanken, dass sie gegeizt habe, befahl Lukerja, eine Scheibe Brot abzuschneiden und ging außerdem hin, das Zehnkopekenstück holen, – das ist die Strafe – sagte sie sich – jetzt musst du doppelt so viel geben. –

Sie reichte beides unter Entschuldigungen dem Pilger und bildete sich dabei nicht nur nichts auf ihre Freigebigkeit ein, sondern schämte sich sogar, dass sie so wenig gab. So Respekt einflößend sah der Pilger aus.

Obwohl er dreihundert Werst weit bettelnd gegangen und ganz abgerissen, abgemagert und sonnengebräunt war, obwohl seine Haare abgeschnitten waren, und er eine Bauernmütze und Bauernstiefel trug, obwohl er sich so bescheiden verneigte, hatte Sergij noch immer sein Respekt gebietendes Aussehen, das die Leute so anzog. Aber Praskowja Michailowna erkannte ihn nicht. Sie konnte ihn auch gar nicht erkennen, da sie ihn fast zwanzig Jahre nicht mehr gesehen hatte.

»Nichts für ungut, Väterchen. Vielleicht wollen sie etwas essen?«

Er nahm das Brot und das Geld, und Praskowja Michailowna wunderte sich, dass er nicht wegging, sondern sie ansah.

»Paschenjka, ich bin zu dir gekommen, nimm mich auf!«

Seine schönen schwarzen Augen sahen sie unverwandt und bittend an, und in ihnen schimmerten Tränen. Seine Lippen zuckten jammervoll unter dem ergrauenden Schnurrbart.

Praskowja Michailowna griff sich an die ausgetrocknete Brust, öffnete den Mund, heftete ihre Augen auf das Gesicht des Pilgers und erstarrte.

»Es kann nicht sein! Stjopa! Sergij! P. Sergij!«

»Ja, ich bin es,« sagte Sergij leise. »Aber nicht Sergij und nicht P. Sergij. Sondern der große Sünder Stepan Kassatskij, ein verlorener, großer Sünder. Hilf mir, nimm mich auf.«

»Es kann nicht sein. Wie haben Sie sich so gedemütigt? Kommen sie doch!«

Sie reichte ihm die Hand, aber er nahm sie nicht und folgte ihr.

Wohin sollte sie ihn aber führen? Die Wohnung war winzig. Anfangs hatte sie ein eigenes Zimmerchen, fast eine Kammer für sich selbst gehabt, dann aber diese Kammer der Tochter abgetreten. Mascha saß auch jetzt dort und wiegte den Jüngsten in den Schlaf. »Setzen Sie sich her, gleich,« sagte sie zu Sergij, ihm die Bank in der Küche zeigend.

Sergij setzte sich sofort hin und nahm, offenbar mit gewohnter Gebärde, den Sack erst von der einen, dann von der anderen Schulter.

»Mein Gott, mein Gott, wie du dich gedemütigt hast, Väterchen. Einst dieser Ruhm und jetzt ...«

Sergij gab keine Antwort und lächelte nur mild, indem er den Sack neben sich auf die Bank legte.

»Mascha, weißt du, wer es ist?«

Und Praskowja Michailowna erzählte ihrer Tochter im Flüsterton, wer Sergij sei, und sie trugen beide das Bett und die Wiege aus der Kammer und machten sie für Sergij frei.

Praskowja Michailowna führte Sergij in die Kammer.

»Ruhen die hier aus. Nichts für ungut. Ich muss fort.«

»Wohin?«

»Ich gebe hier Stunden, ich schäme mich es zu sagen; ich gebe Musikunterricht.«

»Musik, das ist gut. Nur noch eins, Praskowja Michailowna, ich bin ja zu Ihnen mit einem Anliegen gekommen. Wann kann ich mit Ihnen sprechen?«

»Ich werde mich glücklich schätzen. Geht es am Abend?«

»Gewiss. Aber noch eine Bitte: Sagen Sie niemand, wer ich bin. Ich habe es nur Ihnen anvertraut. Niemand weiß, wohin ich gegangen bin. So muss es sein.«

»Ach, ich habe es schon meiner Tochter gesagt.«

»Nun, bitten Sie sie, dass sie es nicht weiter erzähle.«

Sergij zog die Stiefel aus, legte sich hin und schlief nach der letzten schlaflosen Nacht und nach dem Marsch von vierzig Werst sofort ein.

Als Praskowja Michailowna heimkam, saß Sergij in seiner Kammer und wartete auf sie. Er war nicht zu Tisch gekommen und hatte nur von der Suppe und vom Brei gegessen, die ihm Lukerja in die Kammer gebrach. »Warum bist du denn früher heimgekommen, als versprochen?« fragte Sergij. »Kann ich jetzt mit dir reden?«

»Womit habe ich nur dieses Glück verdient, dass solch ein Gast zu mir kommt? Ich habe schon eine Stunde versäumt. Später ... Ich hatte immer die Absicht zu Ihnen zu fahren, habe Ihnen geschrieben, und plötzlich dieses Glück!«

»Paschenjka, nimm bitte die Worte, die ich dir gleich sagen werde, als eine Beichte auf, als Worte, die ich in meiner Sterbestunde zu Gott spreche. Paschenjka, ich bin kein heiliger Mann, nicht einmal ein einfacher, gewöhnlicher Mensch: Ich bin ein Sünder, ein schmutziger, hässlicher, verstockter, hochmütiger Sünder, ich weiß nicht, ob schlimmer als alle, aber jedenfalls schlimmer als die schlimmsten Menschen.«

Paschenjka sah ihn erst mit weit aufgerissenen Augen an; sie glaubte ihm nicht. Später, als sie alles glaubte, berührte sie seine Hand und sagte mit einem unglücklichen Lächeln:

»Stiwa, vielleicht übertreibst du?«

»Nein, Paschenjka. Ich bin ein Wüstling, ein Mörder, ein Gotteslästerer und Betrüger.«

»Mein Gott! Was ist denn das?« sagte Praskowja Michailowna.

»Aber man muss leben. Und ich, der ich glaubte, dass ich alles wisse, und die anderen lehrte, wie man leben solle – ich weiß nichts und bitte dich, mich zu lehren.«

»Was sagst du, Stiwa! Du machst dich über mich lustig. Warum macht ihr euch alle immer über mich lustig?«

»Nun, gut, ich mache mich lustig; sag mir nur, wie du lebst und wie du dein Leben verbracht hast.«

»Ich? Ich habe das hässlichste, schlimmste Leben gelebt, und Gott straft mich jetzt mit Recht, und ich lebe so schlecht, so schlecht ...«

»Wie hast du geheiratet? Wie hast du mit deinem Manne gelebt?«

»Alles war schlecht. Ich heiratete ihn, weil ich mich in ihn auf die schlimmste Weise verliebt hatte. Papa wollte diese Heirat nicht. Ich achtete auf nichts und nahm ihn. In der Ehe aber habe ich den Mann, statt ihm zu helfen, durch Eifersucht gequält, die ich in mir nicht niederkämpfen konnte.«

»Ich habe gehört, dass er ein Trinker war?«

»Ja, aber ich verstand ihn nicht zu beschwichtigen. Ich machte ihm Vorwürfe. Das ist aber eine Krankheit. Er konnte sich nicht beherrschen, und ich erinnere mich jetzt, wie ich ihm den Branntwein vorenthielt. Wir hatten schreckliche Szenen.«

Und sie sah mit ihren schönen, unter dieser Erinnerung leidenden Augen auf Kassatskij.

Kassatskij erinnerte sich, gehört zu haben, dass der Mann sie geschlagen habe, und als er jetzt ihren mageren, ausgetrockneten Hals mit den hinter den Ohren hervortretenden Adern und dem Büschel dünner, halb grauer, halb blonder Haare sah, glaubte er auch zu sehen, wie sich das abspielte.

»Dann blieb ich allein mit zwei Kindern und ganz ohne Mittel.«

»Ihr habt aber auch noch ein Gut gehabt.«

»Das hatten wir noch bei Waßjas Lebzeiten verkauft und alles ... verlebt. Man musste doch leben, ich habe aber nichts gekonnt, wie alle feinen jungen Mädchen. Ich bin sogar besonders unfähig und hilflos gewesen. So verlebten wir das Letzte. Ich unterrichtete die Kinder und lernte dabei auch selbst etwas. Mitja erkrankte in der vierten Klasse, und Gott nahm ihn zu sich. Manja verliebte sich in Wanja, meinen jetzigen Schwiegersohn. Nun, er ist ein guter Mensch, aber unglücklich, er ist krank.«

»Mama,« unterbrach die Tochter ihre Rede, »nehmen sie mir den Mischa ab, ich kann mich doch nicht entzwei reißen.«

Praskowja Michailowna fuhr zusammen, stand auf, ging in ihren schiefgetretenen Schuhen schnell ins Nebenzimmer und kam sofort mit einem zweijährigen Jungen im Arm zurück, der immer zurückfiel und mit den Händen nach ihrem Schultertuch griff.

»Ja, wo bin ich stehen geblieben? Also er hatte eine gute Stelle und einen netten Vorgesetzten, aber Manja hielt es nicht aus und nahm seinen Abschied.«

»Woran leidet er denn?«

»An Neurasthenie; es ist eine schreckliche Krankheit. Wir haben uns mit Ärzten beraten, wir sollten irgendwohin fahren, hatten aber keine Mittel. Ich hoffe, dass es so vorübergehen wird. Besondere Schmerzen hat er nicht, aber ...«

»Lukerja!« ertönte seine böse und schwache Stimme. »Immer schickt man sie weg, wenn ich sie brauche. Mama!«

»Sofort,« unterbrach sich Praskowja Michailowna wieder. »Er hat noch nicht zu Mittag gegessen. Er kann nicht mit uns essen.«

Sie ging hinaus, machte etwas draußen und kehrte zurück, ihre verbrannten, mageren Hände abwischend.

»So lebe ich. Wir beklagen uns immer, sind immer unzufrieden, aber die Enkelkinder sind, Gott sei Dank, alle geraten und gesund, und man kann noch leben. Aber was soll ich von mir reden.«

»Nun, wovon lebt ihr denn?«

»Ich verdiene ein wenig. Früher langweilte mich die Musik, und jetzt ist sie mir zustatten gekommen.«

Sie hielt ihre kleine Hand auf der Kommode, neben der sie saß, und bewegte wie übend die mageren Finger.

»Was zahlt man Ihnen für die Stunde?«

»Man zahlt einen Rubel, auch fünfzig Kopeken, es gibt auch Stunden zu dreißig Kopeken. Sie sind alle so gut zu mir.«

»Nun, und machen sie Fortschritte?« fragte Kassatskij kaum wahrnehmbar mit den Augen lächelnd.

Praskowja Michailowna glaubte nicht sofort an die Ernsthaftigkeit dieser Frage und sah ihm fragend in die Augen.

»Sie machen auch Fortschritte. Es ist ein reizendes Mädel darunter, die Tochter eines Fleischers. Ein gutes, liebes Kind. Wenn ich eine tüchtige Frau wäre, so könnte ich wohl durch Vermittlung ihres Papas eine Stelle für meinen Schwiegersohn finden. Aber ich habe es nicht gekonnt und habe sie alle so weit gebracht.«

»Ja, ja,« sagte Kassatskij, den Kopf senkend. »Wie beteiligen sie sich aber, Paschenjka, am kirchlichen Leben?« fragte er.

»Ach, sprechen sie lieber nicht davon. Ich habe es furchtbar vernachlässigt. In den großen Fasten gehe ich wohl mit den Kindern in die Kirche, sonst gehe ich aber monatelang nicht, schicke nur die Kinder hin.«

»Warum gehen sie denn selbst nicht hin?«

»Die Wahrheit zu sagen ...« sie errötete. »Ich schäme mich vor meiner Tochter und den Enkeln abgerissen in die Kirche zu gehen, neue Kleider habe ich aber nicht. Auch bin ich einfach faul.«

»Beten Sie aber zu Hause?«

»Ja. Aber was ist das für ein Beten, ich mache es mechanisch. Ich weiß wohl, dass man es nicht so machen soll, aber ich habe kein echtes Gefühl; das Einzige ist, dass ich meine ganze Verkommenheit kenne ...«

»Ja, ja, so, so,« sagte Kassatskij wie billigend.

»Sofort, sofort,« antwortete sie auf den Ruf des Schwiegersohns, zupfte ihr Tuch zurecht und ging aus dem Zimmer.

Diesmal blieb sie lange aus. Als sie wiederkam, saß Kassatskij in der gleichen Stellung, die Ellenbogen in die Knie gestützt und den Kopf gesenkt. Aber er hatte schon seinen Sack auf dem Rücken.

Als sie mit einem Blechlämpchen ohne Schirm eintrat, richtete er auf sie seine schönen müden Augen und seufzte tief auf.

»Ich habe ihnen nicht gesagt, wer Sie sind,« fing sie schüchtern an, »ich habe nur gesagt, Sie seien ein Pilger vornehmer Abstammung und dass ich sie von früher her kenne. Kommen sie doch ins Esszimmer zum Tee.«

»Nein.«

»Nun, dann bringe ich Ihnen her.«

»Nein, ich will nichts. Gott helfe dir, Paschenjka. Ich gehe. Wenn du mit mir Mitleid hast, so sage niemand, dass du mich gesehen hast. Ich beschwöre dich beim lebendigen Gott: Sag es niemand. Ich danke dir. Ich würde mich vor dir bis zum Boden verneigen, aber ich weiß, dass es dich nur verwirren wird. Ich danke dir, vergib mir um Christi willen.«

»Segnen sie mich.«

»Gott wird dich segnen. Vergib mir um Christi willen.«

Er wollte schon gehen, aber sie ließ ihn nicht fort und brachte ihm Brot, Brezen und Butter. Er nahm es und ging.

Es war dunkel, und er war noch keine zwei Häuser weit gegangen, als sie ihn schon aus den Augen verlor und bloß daran, dass der Hund des Protopopen ihn anbellte, erkannte, dass er weiterging.

– Diese Bedeutung hat also mein Traum. Paschenjka ist das, was ich hätte sein sollen und was ich nicht gewesen bin. Ich habe für die Menschen gelebt, unter dem Vorwande, dass ich für Gott lebe; sie lebt für Gott und bildet sich ein, für die Menschen zu leben.

– Ja, ein einziges gutes Werk, ein Napf Wasser, den man, ohne an den Lohn zu denken, gibt, ist mehr wert als alle Wohltaten, die ich den Menschen erwiesen. Es war aber auch etwas vom aufrichtigen Wunsche Gott zu dienen in mir? – fragte er sich, und die Antwort lautete: – Ja, aber all das war beschmutzt und von der menschlichen Eitelkeit überwuchert. Ja, es gibt keinen Gott für den, der so gelebt hat wie ich, des Ruhmes unter den Menschen wegen. Ich werde ihn suchen. –

Und er zog weiter, so wie er zu Paschenjka gekommen war: von Dorf zu Dorf, sich an Pilger und Pilgerinnen anschließend und sich von ihnen wieder trennend und im Namen Christi um ein Stück Brot und um ein Nachtlager bettelnd. Manchmal schalt ihn eine böse Wirtin, manchmal beschimpfte ihn ein betrunkener Bauer, aber in den meisten Fällen gab man ihm zu essen und zu trinken und versorgte ihn sogar für den weiteren Weg. Sein herrschaftliches Äußeres stimmte manche zu seinen Gunsten. Andere dagegen schienen sich darüber zu freuen, dass ein Herr in solche Armut gesunken war. Aber seine Milde besiegte alle.

Sehr oft, wenn er im Hause ein Evangelium fand, las er daraus vor, und die Leute waren immer gerührt und erstaunt und hörten das, was er las, als etwas Neues und zugleich Altbekanntes.

Wenn es ihm gelang, den Menschen durch einen Rat, oder indem er für die des Schreibens oder Lesens Unkundigen etwas schrieb oder las, oder die Streitenden versöhnte, zu helfen, sah er keinen Dank, denn er ging weg. Und Gott offenbarte sich allmählich in ihm.

Einmal ging er mit zwei alten Frauen und einem Soldaten. Ein Herr und eine Dame in einem mit einem Traber bespannten Wagen und ein anderer Herr und ein Fräulein zu Pferde hielten sie an. Der Mann der Dame und ihre Tochter ritten, die Dame fuhr aber im Wagen mit einem offenbar französischen Touristen.

Sie hielten sie an, um ihm »*les pélerins*« zu zeigen, die infolge eines, dem russischen Volke eigenen Aberglaubens, statt zu arbeiten, von Ort zu Ort ziehen. Sie sprachen französisch, da sie glaubten, die Pilger würden es nicht verstehen.

›Demandez leur,‹ sagte der Franzose, ›s'ils sont bien sûrs, de ce que leur pélérinage est agréable à Dieu.‹

Man fragte sie. Die alten Frauen antworteten:

»Wer weiß, wie Gott es aufnehmen wird. Mit den Füßen waren wir wohl dort, ob wir aber auch mit den Herzen dort waren?«

Man fragte den Soldaten. Er sagte, er sei ganz allein auf der Welt und habe kein Obdach.

Man fragte Kassatskij, wer er sei.

»Ein Knecht Gottes.«

›Qu'est ce qu'il dit? Il ne répond pas.‹

›l dit, qu'il est un serviteur de Dieu.‹

›Cela doit être un fils de prêtre. Il a de la race. Avez-vous de le la petite monnaie?‹

Der Franzose fand Kleingeld in der Tasche und gab jedem zwanzig Kopeken.

›Mais dites leur que ce n'est pas pour les cierges que je leur donne, mais pour qu'ils se régalent de thé, Tschai, Tschai!‹ rief er lächelnd: ›Pour vous, mon vieux,‹ sagte er, mit seiner behandschuhten Hand Kassatskij auf die Schulter klopfend.

»Rette euch Christus,« antwortete Kassatskij, ohne die Mütze aufzusetzen, mit seinem kahlen Kopfe nickend.

Diese Begegnung machte Kassatskij eine ganz besondere Freude, weil er die Meinung der Menschen verschmäht und das Einfachste und Leichteste getan hatte: er nahm bescheiden die zwanzig Kopeken und gab sie einem Genossen, einem blinden Bettler. Je weniger Bedeutung die Meinung der Menschen hatte, umso stärker ließ sich Gott fühlen.

Kassatskij zog acht Monate von Ort zu Ort; im neunten Monat hielt man ihn in einer Gouvernementsstadt, in der Herberge, in der er mit den andern Pilgern übernachtet hatte, an und brachte ihn, da er keinen Pass hatte, auf die Polizei. Auf die Fragen, wo er seinen Pass habe und wer er sei, antwortete er, er habe keinen Pass und sei ein Knecht Gottes. Man stellte ihn als einen Vagabunden vor Gericht und verschickte ihn nach Sibirien.

In Sibirien ließ er sich bei einem reichen Bauern nieder und lebt dort auch jetzt noch. Er arbeitet beim Bauern im Gemüsegarten, unterrichtet die Kinder und pflegt die Kranken.